Autor _ Rousseau
Título _ Émile e Sophie
ou os solitários

Copyright _ Hedra 2012

Tradução© _ Françoise Galler

Título original _ Émile et Sophie ou Les Solitaires

Primeira edição _ Porto Alegre: Paraula, 1994

Corpo editorial _ Adriano Scatolin,
Alexandre B. de Souza,
Bruno Costa, Caio Gagliardi,
Fábio Mantegari, Iuri Pereira,
Jorge Sallum, Oliver Tolle,
Ricardo Musse, Ricardo Valle

Dados _

Dados Internacionais de Catalogação na Publicação (CIP)

R740   Rousseau (1712–1778).

Émile e Sophie, ou os solitários. /
Jean-Jacques Rousseau. Tradução de Françoise
Galler. Introdução de Walter Carlos Costa. –
São Paulo: Hedra, 2010. 98 p.

ISBN 978-85-7715-188-2

1. Literatura Francesa. 2. Romance.
3. Educação. I. Título. II. Rousseau,
Jean-Jacques (1712–1778). III. Galler, Françoise,
Tradutora. IV. Costa, Walter Carlos.

CDU 840
CDD 843

Elaborado por Wanda Lucia Schmidt CRB-8-1922

Direitos reservados em língua
portuguesa somente para o Brasil

EDITORA HEDRA LTDA.

Endereço _ R. Fradique Coutinho, 1139 (subsolo)
05416-011 São Paulo SP Brasil

Telefone/Fax _ +55 11 3097 8304

E-mail _ editora@hedra.com.br

Site _ www.hedra.com.br

Foi feito o depósito legal.

Autor _ Rousseau

Título _ Émile e Sophie
ou os solitários

Tradução _ Françoise Galler

Introdução _ Walter Carlos Costa

São Paulo _ 2012

hedra

Jean-Jacques Rousseau (1712–1778) é um dos maiores pensadores e escritores de todos os tempos e países e um dos inspiradores da modernidade filosófica, política, social, educacional e literária. Seus escritos tiveram um grande impacto na Revolução Francesa e anunciam o romantismo, o socialismo, o anarquismo, a desobediência civil, e os movimentos de defesa do meio ambiente e dos animais. Nascido em Genebra, na Suíça francófona, perdeu a mãe pouco depois de seu nascimento, tendo sido educado primeiro pelo pai, que perderia aos 10 anos e em seguida por um tio e uma tia. Dos 13 aos 16 anos trabalhou em sua cidade natal, deslocando-se depois para a França, onde passaria a maior parte de sua vida. Em um primeiro momento, torna-se secretário de Louise de Warens, a célebre Madame de Warens das *Confissões*, uma mulher rica, que se tornou sua protetora e amante, que contribuiu para transformá-lo em um homem extremamente culto e refinado, e ofereceu a base sobre a qual Rousseau construiria sua obra. Aos 30 anos segue para Paris, cidade com que terá uma relação ambígua, e onde ganhará a vida como copista de música. Lá fez amizade com Diderot, que lhe encarregou a escrita de artigos sobre economia política e música da *Enciclopédia*. Logo, porém, Rousseau entra em conflito com o racionalismo dos enciclopedistas, defendendo o lugar central do sentimento ao lado da razão e atacando os costumes da capital, onde o "homem natural" se corromperia. Em sua obra, avultam livros fundamentais para o pensamento político como *Discurso sobre a origem da desigualdade*, de 1755 e *Do contrato social*, 1762; o livro fundador da pedagogia moderna que é *Émile, ou da educação*, 1762, além de livros que renovaram o debate sobre a religião, como *Profissão de fé do vigário saboiano*, de 1765, sobre as artes, como *Discurso sobre as ciências e as artes*, 1750, e a música, como *Dissertação sobre a música moderna*, 1743. Sua produção literária não é menos renovadora: é um dos fundadores da autobiografia moderna com *As confissões* e um dos grandes romancistas epistolares com *A nova Heloísa*. Aventurou-se também, com fortuna, na botânica e na teoria da língua, além de ter deixado uma vasta correspondência.

Émile e Sophie ou os solitários é um romance epistolar inacabado de Jean-Jacques Rousseau e um de seus textos mais singulares. *Émile e Sophie* foi escrito em 1762, ano de lançamento de *Émile, ou da educação*. O livro foi concebido como uma continuação da grande obra pedagógica e era particularmente querido por seu autor, que prometeu terminá-lo repetidas vezes e que se refere a ele carinhosamente em muitas cartas. Foi publicado pela primeira vez por Moltou e Du Peyrou em *Collection complète des œvres* de J.J. Rousseau em 1780.

Françoise Galler é tradutora juramentada e intérprete. Lecionou quinze anos na Aliança Francesa de Florianópolis, como professora de francês língua estrangeira e coordenadora pedagógica.

Walter Carlos Costa fez Filologia Românica na Katholieke Universiteit Leuven, Bélgica, doutorado na University of Birmingham, Inglaterra, e pós-doutorado na UFMG. É professor da Universidade Federal de Santa Catarina (UFSC), onde pesquisa literatura hispano-americana, literatura comparada e estudos da tradução. Traduziu *Florença, um caso delicado*, de David Leavitt (Cia. das Letras, 2002).

SUMÁRIO

Introdução, por Walter Carlos Costa 9

ÉMILE E SOPHIE, OU OS SOLITÁRIOS   21

Primeira carta 23

Segunda carta 73

INTRODUÇÃO

EM UMA OBRA tão diversa, contraditória e idiossincrática como a de Jean-Jacques Rousseau,[1] *Émile e Sophie, ou os solitários* prima pela singularidade. O livrinho, misto de romance e de tratado, é pouco conhecido do grande público mas não dos especialistas e está incluído em volumes com obras reunidas de Rousseau.[2] No entanto, são poucas as edições separadas, mesmo em francês, e esta edição da Hedra constitui uma notável exceção.[3] O próprio Rousseau, que escreveu vários livros imensos, tinha um carinho especial por essa obra incon-

---

[1] Para Sarah Kay, Terence Cave & Malcolm Bowie, Rousseau é "o mais dissidente e idiossincrático dos *philosophes*" (*A Short History of French Literature*. Oxford: Oxford University Press, 2003, p. 189).

[2] Assim, no tomo IV das *Œuvres complètes* de Rousseau da Bibliothèque de La Pléiade (Paris: Gallimard, 1969), *Émile et Sophie* ocupa as páginas 880–924, logo após o texto de *Émile ou de l'education*. Os elogiados *Collected Writings of Rousseau* inclui em seu volume 13 (Organização de Christopher Kelly; tradução de Christopher Kelly e Allan Bloom. Hanover: Dartmouth College Press/ UP of New England, 2009), *Emile and Sophie, or the Solitaries* logo após o texto *Emile, or On Education*.

[3] A primeira edição brasileira, bilíngue, publicada pela editora Paraula, de Porto Alegre, em 1994, foi bem recebida pelo público e pelos especialistas.

INTRODUÇÃO

clusa, em cuja releitura se consola de seus infortúnios.[4]

ROUSSEAU E AS PROVAÇÕES DA CIDADE

Como se sabe, Rousseau inspirou movimentos tão dessemelhantes quanto a Revolução Francesa e o romantismo, contribuiu fortemente para a renovação pedagógica do mundo ocidental e é um dos grandes responsáveis pela "invenção" da criança e do adolescente. Pode também ser considerado um precursor dos defensores do meio ambiente e dos animais. Graças à ambiguidade essencial de suas propostas, e seu duplo apelo à razão e ao coração, Rousseau pode ser visto ao mesmo tempo como paladino da democracia e de governos autoritários. Tendo vivido nos trepidantes e empreendedores tempos do Iluminismo, foi também um de seus primeiros críticos ao questionar os limites da razão, defender as virtudes dos sentimentos e exaltar não a cidade, mas a natureza e os povos "primitivos". Para Gilles Deleuze, Rousseau é precursor de alguns dos grandes inovadores da literatura do século xx como Franz Kafka,

[4]Em carta de 06/07/1768 a Du Peyrou, Rousseau afirma que a leitura do livrinho o ajuda a "preencher, com um pouco de distração, os maus dias de inverno". Pierre Burgelin, "Émile et Sophie", in Raymond Queneau (org.). *Littérature française*, tomo III de *Histoire des littératures*. Paris: Gallimard, 1967, p. CLIV.

Louis-Ferdinand Céline e Francis Ponge.[5] Robert Wokler, por sua vez, chega a afirmar que Rousseau é Heidegger e Foucault *avant la lettre*.[6] Mas Rousseau anuncia ainda outra descoberta das letras, aprofundada mais tarde por Proust, ao revelar nas *Confissões*, como nota Jean Fabre, "essa espantosa propriedade da memória: que a lembrança é mais real que a sensação, que podemos reencontrar o tempo; que existem lugares mágicos e objetos talismãs".[7]

Concebido como uma continuação do ambicioso e revolucionário *Émile, ou da educação*, *Émile e Sophie*, publicado em 1762, haveria de permanecer como uma surpreendente versão preliminar, mais terra-à-terra, do duro mergulho na vida de verdade do educando modelo. Depois de escre-

---

[5] Em *Arts*, nº 872, 6–12 junho, 1962, p. 3 (Por ocasião do 250º aniversário do nascimento de Rousseau). Para Deleuze, Rousseau tem o humor de Kafka e de Céline e a aderência às coisas de Ponge.

[6] "Rousseau foi, ao mesmo tempo, o Heidegger e o Foucault do século XVIII, antecipando os jogos de palavras ontológicos de Heidegger e o ludismo de sua língua, por um lado, e, por outro, a brutalmente aguda clivagem das categorias de conhecimento para as disciplinas de ordem e castigo de Foucault." Robert Wokler. "Ancient Postmodernism in the Philosophy of Rousseau" in *The Cambridge Companion to Rousseau*. Patrick Riley (org.) Cambridge: Cambridge University Press, 2001, p. 424.

[7] "Les grands écrivains du XVIII" in *Littérature française*. Raymond Queneau (org.), tomo III de *Histoire des littératures*. Paris: Gallimard, 1967, p. 748.

INTRODUÇÃO

ver de uma sentada o texto, Rousseau nunca mais o retomaria, apesar de reiteradas promessas. No *Émile, ou da educação*, o herói não apenas recebe a melhor das educações possíveis mas também encontra, com a cômoda ajuda de seu preceptor, Sophie, a companheira ideal para os seus dias, com quem a obra pedagógica inovadora seria estendida a uma nova geração. No novo livro, Rousseau vai pôr seus heróis à prova implacável da realidade, só que agora desacompanhados da diligente proteção do mestre. Solitários, Émile e Sophie errarão no mundo, onde um acontecimento trágico inaugura a série infernal de passos em falso de ambas as partes. O discípulo perfeito é submetido às piores provações: adultério de Sophie, perda da filha, escravidão. A intensidade e a rapidez dos acontecimentos negativos evocados lembra *Candide*, o divertido livro de Voltaire, escrito justamente para zombar de Leibniz, de Rousseau e dos otimistas em geral. A vivacidade narrativa também se assemelha à voltairiana, mostrando que os inimigos literários tinham mais em comum do que seus conflitos de superfície poderiam sugerir.

A história dos percalços do par utópico será narrada apenas parcialmente. Os dois cometerão erros e sofrerão mas só saberemos uma fração do acontecido, filtrado pelo olhar de Émile. Émile narra a história através de cartas ao mestre, fórmula inaugurada em 1721 por *Les Lettres persa-*

nes, de Montesquieu, e que Rousseau já utilizara
no romance-rio *La Nouvelle Héloise*, publicado
em 1761. O tom, sombrio – o moto "Por que me
abandonaste?" percorre sub-repticiamente todo o
texto – contrasta vivamente com o otimismo pro-
gramático do *Émile, ou da educação*, o que, aliás,
perturbou bastante Moultou e Du Peyrou, seus primeiros editores. O pessimismo de fundo parece refletir também a difícil conjuntura pessoal de Rousseau, logo após a publicação do *Émile, ou da educação*, que foi um sucesso imediato mas provocou
a fúria das autoridades, com a queima pública do
livro e a perseguição a seu autor. De fato, as des-
venturas fictícias de Émile parecem aludir intensamente às agruras muito reais de seu criador, que
se sente então abandonado e perseguido e acredita
poder contar apenas com o seu espírito autônomo
para vencer o desespero e seguir livre.

Embora as peripécias de um Émile desampa-
rado tenham sido imaginadas para demonstrar
a superioridade do pensamento rousseauniano,
Émile e Sophie é mais obra de imaginação que de
ideias. A semelhança de dicção com duas grandes
obras suas, as impetuosas *Confissões* e os melancó-
licos *Devaneios do caminhante solitário*, é evidente.
Rousseau era um escritor incansável: copiou a
mão cinco vezes a "infinita" *Nouvelle Héloise*. Se
não prosseguiu seu primeiro rascunho de *Émile e
Sophie* é, talvez, porque encontrou nos *Devaneios*

INTRODUÇÃO

do caminhante solitário o tom mais apropriado à mensagem a um tempo arrebatada e apaziguada de seus anos derradeiros.

A qualidade literária de *Émile e Sophie* pode ser apreciada sobretudo nas páginas que seguem a descoberta por Émile do adultério de Sophie. Nessas páginas Rousseau dá a medida do talento que encantou o exigentíssimo Flaubert: de um lado Rousseau descreve com detalhes as diversas fases por que passa o marido e companheiro enganado: da perturbação física à calma final, passando por momentos alternados de fúria e abatimento. A narrativa da "viva mas curta loucura", que se sucedeu à confissão de adultério de Sophie, é meio rocambolesca: como em "O homem da multidão", de Poe, Émile vaga pelas ruas da capital, não como um *flâneur* baudelairiano mas como um romântico exacerbado, profundamente ferido de paixão. É arrastado para um teatro por amigos, o que indica que suas relações com a cidade são mais profundas do que deixa pensar o ódio ideológico com que a trata na superfície. A oscilação e a veemência de seus sentimentos anunciam os personagens extremados de Dostoiévski, capazes de gestos de generosidade e atos de crueldade e a rapidez da narrativa anuncia certos procedimentos futuros do cinema.

Da acusação à amada, Émile passa em seguida à acusação à má companhia da vizinha, representante dos vícios da capital, que não teria suportado a integridade de Sophie. O retrato que faz de marido e mulher enfastiados, adeptos da troca de casais, para tentar animar uma existência sem sentido, parece o retrato dos costumes de certas camadas sociais das grandes cidades do mundo contemporâneo. Daí à autocondenação é um passo: Sophie passa, rapidamente, de vilã a vítima, os verdadeiros culpados sendo a cidade e seus habitantes, a vizinha pervertida e também o próprio Émile que se deixou seduzir antes por Paris e descuidou de Sophie.

O perdão à pecadora custa pouco a Émile, talvez porque seu criador, que visivelmente padeceu de paranoia (como mostra sua ingratidão a Hume e a outros protetores suspeitos de obscuros conluios), nunca sofreu de ciúme. Aos poucos, Émile vai se recuperando de suas desgraças devido à boa educação recebida: tendo ficado trinta e seis horas sem comer, nem por isso desfalece e começa, então, sua lenta superação do trauma, que o levaria a uma nova etapa de libertação. A derrota frente aos males da cidade é decorrência direta de sua excelente educação: é dentro dele mesmo, e do fundo da aflição, que ele encontra forças para voltar à calma e à atividade no mundo. Daí em diante assistiremos ao renascer de Émile que, como nos romances de formação, perde a ingenuidade mas não a confiança nas lições do mestre. O meio para recuperar a paz não poderia ser mais rousseauniano: caminhar, percorrer a natureza, dormir em paz e, por fim, exercer um trabalho manual, remédio contra toda tristeza. Através do trabalho, se reencontra consigo mesmo e vence as inclinações fracas, se tornando outra vez dono de si mesmo. Ao invés de se queixar da sorte, Émile decide apagar o passado e viver do presente, "como se fosse o mais contente dos homens". A concentração no trabalho durante o dia e na reflexão durante a noite fortalecem tanto o corpo como o espírito, de acordo com a educação que teve, e o prepara para a autossuperação, que será uma verdadeira nova aurora. Émile se fortalece no fracasso e relativiza o "crime" de Sophie, concluindo que se trata menos de um pecado pessoal do que de um vício geral das grandes cidades. Escolhe ter compaixão, e não ódio, por Sophie que, apesar de cometer adultério, teve a honestidade de confessá-lo. Apesar de aparentemente reposto do choque, Émile cai de novo sob o jugo da ira, censurando em Sophie sobretudo o orgulho. Em seguida, Émile aplica de novo a razão, fazendo uma verdadeira crítica da cólera e da escravidão causadas por ela. Nesse momento lembra do filho, que o obrigará a manter para sempre o laço com Sophie. O raciocínio se complica porque Sophie está grávida de outro e deverá no futuro dividir o cuidado de mãe entre dois filhos e dois pais. Essa lembrança o leva de novo à ira e ao pensamento de lhe tirar o filho. A solução "bárbara" é evitada e se segue outra cena rocambolesca: Sophie vai visitá-lo com o filho e vai embora chorando em presença dos operários, que adivinham a história toda. Émile continua a se debater internamente, agora a propósito do filho.

A segunda carta nos afasta do drama do adultério e começa com uma pequena teoria da viagem. Rousseau ri dos viajantes ingênuos que não sabem descobrir o novo e veem em terras estranhas apenas a ausência do familiar e do seguro. É a ocasião para Émile exibir suas ideias de cidadão do mundo, livre de fronteiras e de patrimônio, solidário e discreto: assim, é aceito por todos e se funde no povo, como peixe na água. Polivalente por formação, ele encontra trabalho, independente de sua profissão. A doença para ele tampouco era problema, pois não abusando do trabalho nem do lazer, e não temendo a morte, sabia se curar como os animais, com jejum e repouso. Mas não se trata apenas de louvar o mestre, e Émile também é realista: para ter o que precisa evita pedir porque, diz, "o amor-próprio prefere fazer um dom gratuito a pagar uma dívida."

O quadro idílico, e apologético, do mentor, é logo interrompido ao ser levado, em sua errância, a Marselha e Nápoles. Émile, transformado em marinheiro sem esforço, de novo graças à sua ótima educação que o capacita para todos os ofícios, toma uma embarcação e o que se segue nos distancia do drama amoroso e nos lança em uma história de aventura tão animada quanto a de seu admirado Daniel Defoe. Émile percebe que o navio está se desviando para Argel graças a um infiltrado, que é morto por Émile antes do assalto dos piratas. Poupado pelo chefe deles, Émile passa a viver em cativeiro entre muçulmanos, cativeiro semelhante ao vivido por Cervantes e frequente durante séculos no Mediterrâneo. O expediente narrativo serve para Rousseau expor brevemente suas concepções sobre a liberdade, que desenvolvera de forma tão inovadora nos livros *Discurso sobre a origem da desigualdade* (1755) e *Do contrato social* (1762), que teriam grande impacto em pensadores radicais como Henry David Thoreau, Mikhail Bakunin e Karl Marx. A escravidão, como o adultério de Sophie, será ocasião para Émile mostrar as virtudes desenvolvidas em sua educação: na pior condição imaginável, ele reflete e se sente livre, ou pelo menos não mais escravo que antes, já que todo homem é escravo de suas necessidades. É a ocasião para uma bela máxima: "A única servidão real é a da natureza. Os homens são apenas seus instrumentos."

O fim abrupto de *Émile e Sophie* no meio de uma frase naturalmente despertou, entre os entusiastas de Rousseau, a curiosidade por saber como esse romance terminaria. Pierre Burgelin (em sua introdução ao texto, no volume da Pléiade) reproduz duas continuações prováveis, comunicadas pelo próprio autor a seus amigos Pierre Prevost e Bernardin de Saint-Pierre. Embora difiram em detalhes, as duas versões coincidem em pontos essenciais. Émile termina em uma ilha deserta, onde reencontra Sophie devidamente arrependida. O casal se reúne, depois de uma cerimônia de casamento fingida de Émile com outra mulher. Ou seja, o fim provável do romance seria "feliz", todos os sofrimentos de um e de outra servindo essencialmente para confirmar o mútuo amor inabalável e a justeza dos conselhos do preceptor. Na de Saint-Pierre, depois de muitas peripécias, Émile termina também em uma ilha deserta na África onde acaba se casando com a jovem filha de um náufrago espanhol. Sophie, que estava à procura de Émile todo o tempo, consegue chegar à ilha, pede perdão pelo adultério, é perdoada e Émile assume as duas esposas, que se entendem perfeitamente.

A leitura desse texto proporciona um certo corretivo a toda interpretação apressada do *Émile, ou da educação* – Rousseau não é tão ingênuo como parece ser e sabe também representar as coerções do real, o que lhe permite desenvolver uma rica análise psicológica do protagonista. Misturando ficção e exposição de ideias, essa pequena obra-prima, cujo tom não é distante das mais candentes páginas de Tolstói, serve também como uma perfeita introdução ao rico mundo de Rousseau, onde pensamento e literatura nunca se separam.

ÉMILE E SOPHIE
OU OS SOLITÁRIOS

PRIMEIRA CARTA

EU ERA LIVRE, era feliz, oh, mestre! Você fizera em mim um coração apropriado para desfrutar da felicidade, e me dera Sophie. Às delícias do amor, às efusões da amizade, uma família incipiente acrescentava os encantos do afeto paterno: tudo me prenunciava uma vida agradável, tudo me prometia uma doce velhice e uma morte tranquila nos braços dos meus filhos. Ah! O que foi feito desse tempo feliz de deleite e esperança, em que o futuro embelezava o presente, em que meu coração embriagado de alegria sorvia a cada dia um século de felicidade? Tudo se evaporou como um sonho; ainda jovem perdi tudo, mulher, filhos, amigos, tudo enfim, até o contato com meus semelhantes. Meu coração foi dilacerado por todas as suas afeições; só se prende à mais ínfima delas, o morno amor de uma vida sem prazer, mas isenta de remorso. Se eu sobreviver muito tempo às minhas perdas, meu destino será o de viver e morrer só, sem jamais rever um rosto humano, e só a providência virá fechar meus olhos.

Nesta situação, quem pode ainda me incentivar a cuidar desta triste vida, que tenho tão poucos motivos para amar? Recordações, e o consolo de estar em ordem com este mundo, onde me submeto sem queixa aos desígnios eternos. Estou morto para tudo o que me era caro: espero sem impaciência e sem medo que o que resta de mim reencontre o que perdi.

Mas você, caro mestre, está vivo? Ainda é mortal? Ainda está nessa terra de exílio com seu Émile, ou será que já está morando com Sophie, na pátria das almas justas? Ah! Onde quer que você esteja, está morto para mim, meus olhos não mais o verão; mas meu coração vai dedicar-se sem cessar a você. Nunca conheci tão bem o valor dos seus cuidados como depois de sentir os golpes da dura necessidade que me tirou tudo, exceto a mim mesmo. Estou só, perdi tudo, mas me resto a mim mesmo, e o desespero não me aniquilou. Essas páginas não chegarão às suas mãos, não posso ter essa esperança. Irão, sem dúvida, perecer sem serem lidas por homem algum: mas não importa, estão escritas, eu as colijo, eu as reúno, sigo escrevendo e é a você que as dirijo: é para você que quero traçar essas preciosas lembranças que alimentam e desolam meu coração; é a você que quero prestar contas de mim, de meus sentimentos, de minha conduta, deste coração que você me deu. Vou dizer tudo, o bem, o mal, meus sofrimentos, meus prazeres, meus erros, mas creio nada ter a dizer que possa desmerecer sua obra.

Minha felicidade foi precoce; começou quando nasci, iria acabar antes de eu morrer. Todos os dias de minha infância foram dias afortunados, vividos em liberdade, em alegria como em inocência: nunca aprendi a distinguir minhas instruções de meus prazeres. Todos recordam com emoção as brincadeiras da infância, mas talvez eu seja o único a não misturar a essas doces lembranças as de lágrimas que o fizeram verter. Ah! Se eu tivesse morrido quando criança já teria gozado a vida e não teria conhecido seus pesares!

Tornei-me jovem e não cessei de ser feliz. Na idade das paixões, formei minha razão através dos meus sentidos; o que serve para enganar os outros foi para mim o caminho da verdade. Aprendi a julgar saudavelmente as coisas que me cercavam e o interesse que por elas devia ter; julgava com princípios simples e verdadeiros; a autoridade, a opinião não alteravam meus juízos. Para descobrir as relações das coisas entre si, estudava as relações de cada uma delas comigo. Através de dois termos conhecidos, aprendia a encontrar o terceiro. Para conhecer o universo em tudo o que pudesse me interessar, bastou conhecer a mim mesmo; definido o meu lugar, tudo foi encontrado.

Aprendi, assim, que a sabedoria primeira está em querer aquilo que é, e acertar o coração pelo próprio destino. É a única coisa que depende de nós, você dizia, todo o resto é inevitável. Aquele que mais luta contra seu destino é o menos sensato e sempre o mais infeliz; o que ele consegue mudar em sua condição o alivia menos do que o atormenta a perturbação interior que ele cria com isso. Raramente obtém algum êxito, e nada ganha quando o obtém. Mas que ser sensível consegue viver sempre sem paixões, sem afeições? Não é um homem; é um bruto, ou é um Deus. Não podendo, então, me proteger de todos os laços que nos atam às coisas, você me ensinou a, ao menos, escolhê--los, abrir minha alma apenas aos mais nobres, a não ligá-la senão aos mais dignos objetos que são meus semelhantes, a estender, por assim dizer, o eu humano sobre toda a humanidade, e a me preservar assim das vis paixões que o restringem.

Quando meus sentidos despertos pela idade me pediram uma companheira, você purificou seu fogo pelos sentimentos; é pela imaginação que os anima que aprendi a subjugá-los: amei Sophie antes mesmo de conhecê-la; este amor preservava meu coração das armadilhas do vício, trazia-lhe o gosto das coisas belas e honestas, gravava nele com traços indeléveis as santas leis da virtude. Quando vi, enfim, o belo objeto de meu culto, quando senti o império daqueles encantos, tudo o que pode entrar de doce, de lindo numa alma, penetrou a minha com um maravilhoso sentimento que nada pode expressar. Dias queridos dos meus primeiros amores, dias deliciosos, quem dera pudessem recomeçar sem cessar e preencher doravante todo o meu ser! Eu não iria querer outra eternidade.

Vãos lamentos! Inúteis desejos! Tudo sumiu, sumiu e não tem volta... Após tantos ardentes suspiros obtive sua recompensa, minhas aspirações todas foram alcançadas. Esposo, e sempre amante, encontrei na posse tranquila uma felicidade de outra espécie, mas não menos verdadeira que no delírio dos desejos. Mestre, você acha que conheceu essa jovem feiticeira. Oh! Como você se engana: conheceu minha amante, minha mulher; mas não conheceu Sophie. Seus encantos de toda espécie eram inesgotáveis, cada instante parecia renová-los, e o último dia de sua vida me revelou alguns que eu não conhecia.

Já pai de dois filhos, dividia meu tempo entre uma esposa adorada e os queridos frutos de seu afeto; você me ajudava a preparar para o meu filho uma educação semelhante à minha, e minha filha, sob o olhar da mãe, teria aprendido a se parecer com ela. Meus negócios limitavam-se a cuidar do patrimônio de Sophie; esquecera minha fortuna para gozar de minha felicidade. Felicidade enganosa! Por três vezes senti tua inconstância. Teu cume é apenas um ponto, e quando se está no ápice logo é preciso descender. Será que era por você, pai cruel, que devia começar este declínio? Por que fatalidade você deixou esta vida tranquila que levávamos juntos, como é que meu zelo o afastou de mim? Você se deleitava com sua obra; eu o via, o sentia, tinha certeza disto. Você parecia feliz com minha felicidade; os ternos carinhos de Sophie pareciam lisonjear seu coração paterno, você nos amava, estava bem conosco, e nos deixou! Sem a sua partida eu ainda seria feliz; meu filho talvez vivesse, ou outras mãos não teriam fechado seus olhos. A mãe dele, virtuosa e amada, viveria nos braços de seu esposo. Partida funesta, que me entregou sem retorno aos horrores do meu destino! Não, jamais, sob seu olhar, o crime e suas penas teriam se aproximado de minha família; ao abandoná-la, você me trouxe mais males do que o bem que trouxera a toda a minha vida.

O Céu logo cessou de abençoar uma casa onde você não mais morava. Os males, as aflições se sucediam sem trégua. Em poucos meses perdemos o pai de Sophie, sua mãe e, finalmente, sua filha, a adorável filha que ela tanto desejara, que idolatrava, que queria acompanhar. Com este último golpe, sua constância abalada acabou abandonando-a. Até então, contente e tranquila na sua solidão, ela ignorara as amarguras da vida, não armara contra os golpes do destino aquela alma sensível e facilmente afetada. Sentiu estas perdas como são sentidas as primeiras desgraças: pois aquelas foram apenas o começo das nossas.

Nada podia estancar seu pranto; a morte de sua filha lhe fez sentir mais intensamente a de sua mãe: chamava sem cessar uma e outra, gemendo; fazia ressoar seus nomes e seus próprios lamentos em todos os lugares onde outrora recebera seus carinhos inocentes: todos os objetos que as traziam à lembrança tornavam mais amargos seus sofrimentos; resolvi afastá-la destes tristes lugares. Eu tinha, na capital, os assim chamados negócios que, até então, não considerara como tal: eu lhe propus acompanhar uma vizinha com a qual fizera amizade e que era obrigada a ir lá com seu marido. Ela consentiu, para não se separar de mim, não percebendo meu motivo. Sua aflição lhe era cara demais para tentar acalmá-la. Compartilhar seus pesares, chorar com ela era o único consolo que se podia oferecer-lhe.

Chegando perto da capital, senti-me tomado por uma impressão funesta que jamais experimentara antes. Pressentimentos dos mais tristes surgiam no meu peito: tudo o que havia visto, tudo o que você me dissera das grandes cidades me fazia temer aquela estada. Assustava-me expor uma união tão pura a tantos perigos que podiam alterá-la. Eu estremecia, olhando a triste Sophie, ao pensar que eu próprio estava arrastando tantas virtudes e encantos para esse abismo de preconceitos e vícios onde se perdem por todo lado a felicidade e a inocência.

Entretanto, seguro quanto a mim e a ela, desprezava esse aviso da prudência que eu tomava por um vão pressentimento; e, deixando-me atormentar, tratava-o de quimera. Ah! Não imaginava vê-lo tão cedo e tão cruelmente justificado. Nem imaginava que não era eu que ia em busca do perigo na capital, era ele que me seguia.

Como falar-lhe dos dois anos que passamos naquela cidade fatal, e do efeito cruel que provocou em minha alma e em meu destino aquela estada envenenada. Você soube bem demais destas tristes desgraças cuja lembrança, apagada em dias mais felizes, vem hoje redobrar meus pesares, levando-me de volta à sua fonte. Que mudança produziu em mim a complacência para com ligações demasiado amáveis, que o hábito começava a transformar em amizade! Como é que o exemplo e a imitação, contra os quais você armara tão bem meu coração, levaram-no imperceptivelmente a esses frívolos prazeres que na juventude eu soubera desdenhar? Como é diferente ver as coisas disperso entre outros objetos ou ocupado apenas com as que nos tocam! Passado era o tempo em que minha imaginação ardente só buscava Sophie e rejeitava tudo o que não fosse ela. Eu já não a buscava, eu a possuía, e seu encanto, então, embelezava tanto as coisas como as havia desfigurado na primeira juventude. Mas logo essas mesmas coisas debilitaram meus gostos, dividindo-os. Desgastado, aos

poucos, por tantas diversões frívolas, meu coração
ia perdendo o primeiro impulso, tornando-se incapaz de força e calor; eu vagava inquieto de um
prazer a outro; procurava tudo, e tudo me entedi-
ava; só me sentia bem onde eu não estava e me
atordoava por diversão. Sentia uma revolução que
não queria perceber, não me dava tempo de entrar
dentro de mim mesmo por medo de não mais me
encontrar. Todos os meus laços tinham afrouxado,
todos os meus afetos tinham esfriado: no lugar da
realidade, eu pusera um jargão de sentimento e
moral. Era um homem galante sem ternura, um
estoico sem virtudes, um sábio ocupado com loucuras, do seu Émile só me restavam o nome e
alguns discursos. Minha franqueza, minha liberdade, meus prazeres, meus deveres, você, meu filho, a própria Sophie, tudo o que outrora animava,
elevava meu espírito e fazia a plenitude de minha existência, desvencilhando-se pouco a pouco
de mim parecia desvencilhar a mim mesmo, e só
deixava em minha alma abatida um sentimento
importuno de vazio e aniquilamento. Enfim, eu
não amava mais, ou pensava não mais amar. Este
fogo terrível, que parecia quase extinto, se alas-
trava sob as cinzas, para vir a estourar pouco depois com uma fúria maior que nunca.

Mudança mil vezes ainda mais inconcebível!
Como é que aquela que fora a glória e a felicidade de minha vida era agora sua vergonha e

desespero? Como descrever tão deplorável desatino? Não, jamais esse episódio terrível sairá de minha pena ou de minha boca; é demasiado injurioso para a memória da mais digna das mulheres, demasiado opressivo, demasiado horrível para minha lembrança, demasiado deprimente para a virtude; eu morreria cem vezes antes de concluí-lo. Moral do mundo! Armadilhas do vício e do exemplo, traições de uma falsa amizade, inconstância e fraqueza humana, quem de nós está a salvo de vocês? Ah! Se Sophie maculou sua virtude, que mulher ousará contar com a sua? Mas de que têmpera única deve ter sido uma alma que conseguiu voltar de tão longe para tudo o que fora antes?

É de seus filhos regenerados que quero falar. Você soube de todos os seus extravios: só falarei do que se refere a seu reencontro consigo mesmos e do que servir para encadear os fatos.

Sophie, consolada, ou melhor, distraída por sua amiga e pelos ambientes onde esta a arrastava, não tinha mais aquele gosto assumido pela vida caseira e o recolhimento: tinha esquecido suas perdas e quase o que lhe restara. Seu filho, ao crescer, se tornaria menos dependente dela, e a mãe aprendia a prescindir dele. Eu próprio não era mais o seu Émile, era apenas seu marido e, nas cidades grandes, o marido de uma mulher honesta é um homem com quem ela mantém, em público, todo tipo de boas maneiras, mas que não encontra em particular. Durante muito tempo, nossas companhias foram as mesmas. Foram mudando imperceptivelmente. Cada um de nós pensava ficar à vontade longe de quem tinha o direito de controlá-lo. Já não éramos um, éramos dois: o tom do mundo nos dividira e nossos corações não mais se aproximavam. Apenas nossos vizinhos do campo e amigos da cidade faziam, por vezes, com que estivéssemos juntos. A mulher, após ter-me provocado várias vezes, ao que eu nem sempre resistia sem dificuldade, retraiu-se e, apegando-se completamente a Sophie, dela tornou-se inseparável. O marido vivia muito unido à sua esposa, e consequentemente à minha. O comportamento do casal parecia regular e decente, mas suas máximas deveriam ter me assustado. A harmonia de sua união resultava menos de uma afeição verdadeira do que de uma comum indiferença pelos deveres de sua condição. Importando-se pouco com os direitos que tinham um sobre o outro, afirmavam se amar muito mais permitindo um ao outro todo prazer sem restrição, sem se ofenderem por não serem seu objeto. Que meu marido seja feliz, antes de qualquer coisa dizia a mulher; que eu tenha minha mulher como amiga, e fico satisfeito, dizia o marido. Nossos sentimentos prosseguiam, não dependem de nós, mas nossos procedimentos sim. Cada um dá o melhor de si para a felicidade do outro. Existe melhor maneira de amar quem nos é caro do que querer tudo o que ele deseja? Evita-se a cruel necessidade de fugir um do outro.

Esse sistema, revelado de repente, nos teria horrorizado. Mas não se sabe quantas coisas as efusões da amizade não aceitam e que, sem elas, causariam revolta; não se sabe o quanto uma filosofia tão bem adaptada aos vícios do coração humano, uma filosofia que, ao invés de sentimentos que já não temos liberdade de experimentar, ao invés do dever oculto que atormenta, e não beneficia ninguém, só oferece cuidados, procedimentos, conveniência, atenções, só franqueza, liberdade, sinceridade, confiança; não se sabe, digo, o quanto tudo o que mantém a união entre as pessoas quando os corações não estão mais unidos tem de atrativo para as melhores naturezas, e torna-se sedutor sob a máscara da sabedoria: a própria razão custaria a se defender, se a consciência não viesse socorrê-la. Era o que mantinha entre Sophie e eu a vergonha de demonstrar um zelo que já não tínhamos. O casal que nos havia subjugado se ultrajava sem restrição e pensava se amar: mas um antigo respeito mútuo, que não conseguíamos vencer, fazia com que nos evitássemos para nos ultrajarmos. Ao parecermos ser um peso um para o outro, estávamos mais perto de estarmos unidos do que eles, que nunca se separavam. Deixar de nos evitarmos quando nos ofendemos é estarmos certos de nunca mais nos reaproximarmos.

Mas no momento em que estava mais acentuada a distância entre nós, tudo mudou da maneira mais estranha. De repente, Sophie tornou-se tão sedentária e retirada quanto fora dissipada até então. Seu humor, nem sempre estável, tornou-se constantemente triste e sombrio. Trancada da manhã à noite em seu quarto, sem falar, sem chorar, sem fazer caso de ninguém, não suportava ser interrompida. Chegou a não mais suportar a própria amiga; disse-lhe isso e a recebeu mal sem rejeitá-la: pediu-me mais de uma vez que a livrasse dela. Opus-me fortemente a este capricho no qual percebia algum ciúme; cheguei um dia a dizê-lo, brincando. Não senhor, não estou com ciúme, disse com ar frio e decidido; mas tenho horror desta mulher: eu só lhe peço um favor, o de nunca mais tornar a vê-la. Impressionado com essas palavras, quis saber a razão do seu ódio: negou-se a responder. Ela já fechara a porta ao marido; fui obrigado a fechá-la à mulher, e não estivemos mais com eles.

Entretanto, sua tristeza continuava e tornava-se preocupante. Comecei a me alarmar; mas como descobrir a causa que ela insistia em calar? Com aquela alma orgulhosa não se podia usar autoridade: há tanto tempo deixáramos de ser confidentes que pouco me surpreendeu ela negar-se a me abrir o coração; era preciso merecer essa confiança e, fosse por sua comovente melancolia ter aquecido o meu, fosse por ele estar menos curado do que pensara, senti que me custava pouco lhe dar a atenção com a qual esperava finalmente vencer seu silêncio.

Não a deixava mais: mas apesar ter voltado para ela e marcado esta volta com o mais terno desvelo, percebi dolorosamente que não progredia. Quis restabelecer os direitos de esposo, tão negligenciados por muito tempo; deparei com a mais invencível resistência. Já não eram essas recusas provocantes, feitas para valorizar aquilo que se concede. Também não eram as recusas ternas, modestas, mas absolutas, que me embriagavam de amor e que, contudo, era preciso respeitar. Eram as recusas sérias de uma vontade decidida que se indigna ao ser questionada. Ela me lembrava com determinação os compromissos outrora assumidos em sua presença. Seja o que for de mim, dizia, você deve estimar a si próprio e respeitar para sempre a palavra de Émile. Meus erros não o autorizam a quebrar suas promessas. Você pode me punir, mas não pode me coagir, e esteja certo de que isso eu jamais suportarei. Que responder, que fazer, a não ser tentar comovê-la, tocá-la, vencer sua obstinação pela persistência? Esses esforços vãos enervavam, ao mesmo tempo, meu amor e meu amor-próprio. As dificuldades incendiavam meu coração e, para mim, superá-las era uma questão de honra. Jamais, talvez, após dez anos de casamento, após um esfriamento tão longo, a paixão de um esposo se acendera tão ardente e tão viva; jamais, durante meus primeiros amores, tinha vertido tanto pranto aos seus pés: foi tudo inútil, ela se manteve inflexível.

Eu estava tão surpreso quanto aflito, sabendo muito bem que aquela dureza de coração não era do seu caráter. Não desisti e, se não venci sua teimosia, pensei ver, afinal, menos aridez. Alguns sinais de pena e arrependimento temperavam o azedume de suas recusas, que às vezes pensava serem difíceis para ela; seus olhos apagados pousavam em mim olhares, não menos tristes, mas menos ariscos e que pareciam pender para a brandura. Pensei que a vergonha de um capricho tão extremo a impedia de voltar atrás, que ela o perpetuava por não poder justificá-lo, e que talvez só esperasse um pouco de pressão para fingir ceder à força o que já não ousava conceder de bom grado. Tomado por uma ideia que alimentava meus desejos, a ela me entrego facilmente: é mais uma delicadeza que quero ter para com ela, salvando-a do embaraço de entregar-se após ter resistido tanto tempo.

Um dia em que, levado por meus impulsos, eu juntava às mais ternas súplicas as mais ardentes carícias, vi que ela estava emocionada; quis consumar minha vitória. Sufocada e palpitante, ela estava a ponto de sucumbir quando, de repente, mudando o tom, a postura, a expressão, ela me rejeita com uma presteza, uma violência incrível e, fitando-me com um olhar que a fúria e o desespero tornavam assustador: "Pare, Émile", ela me disse, "e saiba que não sou mais nada para você. Um outro maculou sua cama, estou grávida, nunca mais em minha vida você irá me tocar"; e no mesmo instante precipita-se para o seu gabinete, cuja porta fecha atrás de si.

Fico arrasado...

Mestre, não é esta a história dos fatos de minha vida, eles pouco merecem ser escritos; é a história de minhas paixões, de meus sentimentos, de minhas ideias. Devo me estender sobre a mais terrível revolução que meu coração jamais experimentou.

As grandes feridas do corpo e da alma não sangram no instante em que são feitas, não imprimem de imediato suas dores mais fortes. A natureza se recolhe para resistir a toda a sua violência, e muitas vezes o golpe mortal se dá bem antes que a ferida se faça sentir. Diante daquela cena inesperada, daquelas palavras que meus ouvidos pareciam rejeitar, permaneço imóvel, aniquilado; meus olhos se fecham, um frio mortal percorre minhas veias; sem estar desmaiado, sinto todos os meus sentidos paralisados, todas as minhas funções suspensas; minha alma transtornada está num distúrbio universal, semelhante ao caos da cena no momento em que ela muda, no momento em que tudo foge e está para tomar um novo aspecto.

Ignoro quanto tempo permaneci naquele estado, ajoelhado como estava, e quase sem ousar me mexer, com medo de confirmar que o que estava acontecendo não era um sonho. Queria que este atordoamento durasse para sempre. Mas, finalmente desperto, malgrado meu, a primeira impressão que senti foi um ímpeto de horror para com tudo o que me cercava. De repente, levanto-me, corro para fora do quarto, passo pela escada sem ver nada, sem dizer nada a ninguém, saio, ando a passos largos, afasto-me com a rapidez de um cervo que pensa escapar, pela velocidade, da seta que traz cravada no flanco.

Corro assim, sem parar, sem diminuir o passo, até um parque. O aspecto do dia e do céu me pesava; procurava a obscuridade sob as árvores; finalmente, ficando sem fôlego, deixei-me cair quase morto num gramado... Onde estou, o que houve comigo? O que ouvi? Que catástrofe? Insensato! Atrás de que quimera você tem andado? Amor, honra, fé, virtudes, onde estão vocês? A sublime, a nobre Sophie, não passa de uma infame! A esta exclamação irrompida do meu delírio sucedeu um dilaceramento tal do coração que, sufocado pelos soluços, não conseguia respirar nem gemer: sem a raiva e a exaltação que seguiram, este pasmo talvez me sufocasse. Oh, quem poderia penetrar, expressar essa confusão de sentimentos diversos que a vergonha, o amor, o arrependimento, o enternecimento, o ciúme, o terrível desespero me fizeram experimentar ao mesmo tempo? Não, esta situação, este tumulto não pode ser descrito. Concebe-se, imagina-se facilmente o desabrochar da alegria extrema que, num movimento uniforme, parece estender e dilatar todo o nosso ser. Mas quando a dor excessiva reúne no peito de um miserável todas as fúrias dos infernos; quando mil estremecimentos opostos o dilaceram sem que ele possa distinguir um sequer, quando se sente despedaçar por cem forças diversas que o arrastam em sentido contrário, ele não é mais um, ele está inteiro em cada ponto de dor, parece se multiplicar para sofrer. Tal era e foi meu estado durante várias horas; como retratá-lo? Não diria em vários volumes o que sentia a cada instante. Homens felizes de alma estreita e coração morno, que de revezes só conhecem os do acaso, das paixões só um interesse baixo, possam vocês sempre tratar esse horrível estado de quimera e jamais sentir os tormentos cruéis que as afeições mais dignas, quando se rompem, trazem aos corações feitos para senti-las.

Nossas forças são limitadas e todo arrebatamento violento tem seus intervalos. Num desses momentos de esgotamento em que a natureza abatida toma fôlego para sofrer, vim a pensar, de repente, em minha juventude, em você, meu mestre, em minhas lições; vim a pensar que era homem e imediatamente me perguntei: que mal recebi em minha pessoa? Que crime cometi? O que perdi de mim? Se nesse instante, do jeito que estou, caísse das nuvens para começar a existir, seria um ser infeliz? Este pensamento, mais rápido que um raio, jogou em minha alma um instante de luz que perdi rapidamente, mas que foi suficiente para que eu me reconhecesse. Vi-me claramente em meu lugar, e a serventia desse momento de razão foi ensinar-me que eu era incapaz de raciocinar. A agitação horrível que reinava em minha alma não deixava a nenhum objeto o tempo de ser percebido: estava sem condições de ver, comparar, deliberar, resolver, julgar coisa alguma. Era, portanto, atormentar-me em vão querer sonhar com o que precisava fazer, era aguçar meu sofrimento à toa e meu único cuidado tinha de ser ganhar tempo para fortalecer meus sentidos e reassentar minha imaginação. Creio que é o único partido que você mesmo poderia ter tomado se tivesse estado ali para guiar-me.

Decidido a desabafar o ardor dos arrebatamentos que não podia vencer, me entrego a eles com uma fúria impregnada de não sei que volúpia, como se tivesse deixado minha dor à vontade. Levanto-me precipitadamente; ponho-me a andar como antes, sem seguir um caminho traçado:

corro, vago aqui e ali, abandono meu corpo a toda a agitação do meu coração; sigo livremente suas impressões, fico sem fôlego e, mesclando suspiros cortantes à minha respiração alterada, sentia-me, por vezes, prestes a sufocar.

As trepidações daquela caminhada precipitada pareciam me atordoar e aliviar. Nas paixões violentas, o instinto dita gritos, impulsos, gestos, que dão rumo ao espírito e afastam da paixão: enquanto nos agitamos, somos só arrebatados; o morno repouso é mais temível, é vizinho do desespero. Na mesma noite, tive dessa diferença uma experiência quase risível, se é que tudo o que revela a loucura e a miséria humanas acaso devesse alguma vez incitar ao riso quem quer que lhe fosse submetido.

Depois de mil voltas e reviravoltas que dei sem perceber, encontro-me no meio da cidade, cercado por carruagens na hora dos espetáculos, e numa rua em que um deles estava sendo apresentado. Ia ser atropelado na confusão se alguém, puxando-me pelo braço, não me tivesse avisado do perigo: me atiro para uma porta aberta; era um café. Sou abordado por conhecidos; falam comigo; arrastam-me não sei para onde. Surpreendido por um som de instrumentos e um clarão de luzes, volto a mim, abro as pálpebras, olho: encontro-me na sala do espetáculo num dia de estreia, espremido pela multidão e impossibilitado de sair.

Estremeci; mas me conformei. Não disse nada, fiquei quieto, por mais que me custasse essa aparente tranquilidade. Fizeram muito barulho, falavam muito, falavam comigo; não escutando nada, o que podia responder? Mas um dos que me haviam trazido ali tendo por acaso pronunciado o nome da minha mulher, a este nome funesto soltei um grito lancinante que foi ouvido por toda a assistência e provocou certo rumor. Eu me recompus prontamente, e tudo se acalmou. Entretanto, tendo com este grito chamado a atenção de todos os que me rodeavam, procurei o momento de escapar e, aproximando-me aos poucos da porta, saí finalmente antes do término.

Chegando à rua e retirando maquinalmente a mão que mantivera junto ao peito durante toda a apresentação, vi meus dedos cheios de sangue, e pensei tê-lo sentido me escorrer pelo busto. Descubro o peito, olho, vejo-o ensanguentado e dilacerado como o coração que ele encerrava. É de se imaginar que um espectador tranquilo a este preço não fosse muito bom juiz da peça a que acabara de assistir.

Apressei-me em fugir, temendo ser novamente encontrado. Com a noite favorecendo minha fuga, tornei a percorrer as ruas, como que para compensar a opressão que acabava de sofrer; caminhei várias horas sem descansar um só momento: finalmente, já quase não me aguentando em pé e me encontrando perto do meu bairro, volto para casa, não sem sentir terríveis palpitações: pergunto o que meu filho está fazendo; dizem que está dormindo; calo-me e suspiro: meus empregados querem falar comigo, exijo silêncio; jogo-me numa cama, mandando todos irem dormir. Após algumas horas de um descanso pior que a agitação da véspera, levanto-me antes do amanhecer e, atravessando os cômodos silenciosamente, aproximo-me do quarto de Sophie; ali, sem poder me conter, vou com a mais detestável covardia cobrir com mil beijos e banhar com uma torrente de lágrimas a soleira de sua porta; depois, fugindo com o temor e a preocupação de um culpado, saio devagarinho de casa decidido a nunca mais na vida voltar lá.

Aqui termina minha intensa, mas curta, loucura e recobrei meu bom senso. Creio até mesmo ter feito o que devia ser feito, cedendo primeiro à paixão que não conseguia vencer, para conseguir dominá-la depois de lhe dar livre curso. O gesto que acabara de fazer tendo-me disposto à ternura, a raiva que me exaltara até então deu lugar à tristeza, e comecei a ler o suficiente dentro do meu coração para ver gravada, em traços indeléveis, a mais profunda aflição. Entretanto, eu andava, afastava-me daquele lugar temível, menos rápido que na véspera, mas também sem dar nenhuma volta. Saí da cidade e, tomando a primeira estrada, me pus a percorrê-la com um passo lento e inseguro que pontuava o desalento e abatimento. À medida que o amanhecer ia iluminando os objetos, pensava enxergar outro céu, outra terra, outro universo; tudo estava mudado para mim. Eu já não era o mesmo da véspera, ou melhor, eu já não era; era a minha própria morte que eu tinha para chorar. Oh! Quantas lembranças deliciosas vieram assediar meu coração apertado de aflição e forçá-lo a se abrir a suas doces imagens para afogá-lo em vãos pesares! Todos os prazeres passados vinham amargurar o sentimento de minhas perdas, e me traziam mais tormentos do que me haviam dado volúpias. Ah! Quem conhece o terrível contraste de passar, de repente, do excesso da felicidade ao excesso da aflição, e transpor esse imenso intervalo sem ter um momento para se preparar? Ontem, ontem mesmo, aos pés de uma esposa adorada, eu era o mais feliz dos homens; era o amor que me sujeitava a suas leis, que me mantinha em sua dependência; seu poder tirânico era obra de meu carinho, e eu gozava até seus rigores. Quem me dera passar o curso dos séculos nesse estado demasiado amável, a estimá-la, respeitá-la, querê-la, a gemer com sua tirania, a querer dobrá-la sem jamais conseguir, a pedir, implorar, suplicar, desejar sem cessar, e jamais obter nada. Esses tempos, esses tempos encantadores de reencontro esperado, de esperança enganosa, tinham o mesmo valor de quando eu a possuía. E agora odiado, traído, desonrado, sem esperança, sem recursos, não tenho sequer o consolo de ousar formular anseios... Detia-me horrorizado no objeto que devia substituir aquele que me ocupava com tantos encantos. Contemplar Sophie aviltada e desprezível! Que olhos suportariam essa profanação. Meu tormento mais cruel não era o de cuidar da minha aflição, mas de mesclar nela a vergonha daquela que a causara. Este quadro desolador era o único que eu não podia suportar.

Na véspera, minha dor estúpida e enfurecida me poupara essa ideia terrível; em nada pensava senão em sofrer. Mas à medida que o sentimento dos meus males se ordenava, por assim dizer, no fundo do meu coração, forçado a remontar à sua fonte, sem querer retraçava este objeto fatal. Os gestos que me tinham escapado ao sair acentuavam demasiado bem a indigna inclinação que me levava de volta para ele. O ódio que eu lhe devia me custava menos que o desdém que havia que lhe somar, e o que mais cruelmente me dilacerava não era tanto renunciar a ela como ser forçado a desprezá-la.

Minhas primeiras reflexões sobre ela foram amargas. Se a infidelidade de uma mulher comum é um crime, que nome deveria ser dado à sua? As almas vis não se rebaixam cometendo baixezas; mantêm-se em seu estado; não existe ignomínia para elas por não existir elevação. Os adultérios

das mulheres da sociedade são apenas galanteria; 47
mas Sophie adúltera é o mais odioso dos monstros: a distância entre o que ela é e o que ela foi é imensa; não, não há rebaixamento, não há crime igual ao seu.

Mas, e eu, prosseguia, que a acuso, e com todo o direito, já que é a mim que ela está ofendendo, já que é a mim que a ingrata deu a morte, com que direito ousei julgá-la tão severamente antes de ter julgado a mim mesmo, antes de saber o que devo me censurar em seus erros? Você a acusa de não ser mais a mesma! Oh, Émile, e você, não mudou? Como o vi, naquela cidade grande, diferente com ela do que fora outrora! Ah! A inconstância dela é obra da sua. Ela tinha jurado ser fiel; e você, não tinha jurado sempre adorá-la? Você a abandona e quer que ela permaneça contigo; você a despreza e quer que ela o honre sempre! Seu próprio esfriamento, esquecimento, indiferença, é que o arrancaram do coração de Sophie; não pode deixar de ser amável quem quer ser sempre amado. Ela não quebrou suas juras senão por seu próprio exemplo; era não tê-la negligenciado e ela não o teria traído.

Que motivos de queixa lhe deu ela no retiro onde você a encontrou, e onde deveria tê-la deixado para sempre? Que esmorecimento você notou em seu carinho? Foi ela quem lhe rogou que a tirasse daquele lugar afortunado? Você sabe, foi com mortal pesar que ela saiu de lá. Os prantos que lá derramava eram para ela mais doces que os alegres folguedos da cidade. Ela passava sua vida inocente fazendo a felicidade da sua: mas o amava mais do que sua própria tranquilidade; depois de querer retê-lo, deixou tudo para segui-lo: foi você quem, do seio da paz e da virtude, a arrastou para o abismo de vícios e misérias no qual precipitou a si mesmo. Ah! Dependeu só de você ela ser sempre comportada e sempre fazê-lo feliz. Oh, Émile, você a perdeu, você tem que se odiar e ter pena dela; mas que direito tem de desprezá-la? Você próprio se manteve irrepreensível? O mundo nada usurpou do seu comportamento? Você não partilhou sua infidelidade, mas não a desculpou, deixando de honrar sua virtude? Não a atiçou, vivendo em lugares onde tudo o que é honesto é motivo de escárnio, onde as mulheres se envergonhariam de serem castas, onde o único prêmio pelas virtudes do seu sexo é a chacota e a incredulidade? A fé que você não violou esteve exposta aos mesmos riscos? Você recebeu, como ela, esse temperamento de fogo que faz as grandes fraquezas, bem como as grandes virtudes? Possui esse corpo formado demais pelo amor, exposto demais aos perigos por seus encantos, e às tentações por seus sentidos? Oh, como é digno de compaixão o destino de tal mulher! Que combates ela não deve travar, sem trégua, sem cessar, com os outros, consigo mesma? Que coragem invencível, que tenaz resistência, que heroica firmeza não lhe são necessárias? Quantas perigosas vitórias ela não tem de conquistar diariamente, sem testemunha do seu triunfo senão o céu e seu próprio coração? E após tantos lindos anos passados assim a sofrer, combater e vencer continuamente, um momento de fraqueza, um só momento de abandono e descuido macula para todo o sempre esta vida irrepreensível e desonra tantas virtudes. Mulher desventurada! Ah! um instante de desvario provoca os teus e os meus sofrimentos. Sim, seu coração se manteve puro, tudo o confirma; é-me por demais conhecido para me poder ludibriar. Eh! Quem sabe em que hábeis armadilhas as pérfidas artimanhas de uma mulher viciosa e invejosa de suas virtudes puderam apanhar sua inocente simplicidade? Não vi o pesar, o arrependimento em seus olhos? Não foi sua tristeza que me trouxe de volta a seus pés, não foi sua dor comovente que me devolveu toda a minha ternura? Ah! essa não é a conduta artificiosa de uma infiel que engana seu marido e se compraz em sua traição!

Depois, vindo a refletir mais detalhadamente sobre sua conduta e sua espantosa declaração, o que eu não sentia, ao ver esta mulher tímida e modesta vencer a vergonha com a franqueza, rejeitar um afeto que seu coração renegara, negar-se a conservar minha confiança e sua reputação escondendo uma falta que nada a obrigava a confessar, cobrindo-a com as carícias que rejeitou, e temer usurpar minha ternura de pai por uma criança que não era do meu sangue! Que força eu não admirava naquela coragem de indizível grandeza, que nem ao preço da honra e da vida podia rebaixar-se à falsidade, e até no crime levava a intrépida audácia da virtude! Sim, pensava comigo mesmo, aprovando intimamente, no próprio seio da ignomínia esta alma forte ainda conserva todo o seu alento; ela é culpada sem ser vil; pode ter cometido um crime, mas não uma covardia.

É assim que, aos poucos, a tendência do meu coração me levava em seu favor a juízos mais amenos e mais suportáveis. Sem justificá-la, eu a desculpava; sem perdoar seus ultrajes, aprovava seus bons procedimentos. Eu me comprazia nesses sentimentos. Não podia me desfazer de todo o meu amor, teria sido cruel demais conservá-lo sem afeto. Tão logo pensei ainda dever-lhe algum, senti um alívio inesperado. O homem é demasiado fraco para poder se manter muito tempo em atitudes extremas. No próprio excesso de desespero, a providência nos reserva consolações. Apesar do horror do meu destino, sentia uma espécie de alegria ao imaginar Sophie estimável e infeliz; gostava de justificar assim o interesse que não conseguia deixar de ter por ela. Ao invés da dor árida que antes me consumia, tinha a doce sensação de me comover até às lágrimas. Eu a perdi para sempre, eu sei, pensava comigo mesmo; mas, ao menos, ainda ousarei pensar nela, ousarei sentir sua falta, ainda ousarei, às vezes, gemer e suspirar sem enrubescer.

Entretanto, prosseguira em meu caminho e, entretido com essas ideias, andara o dia inteiro sem perceber, até que afinal, voltando a mim e não mais me sustentando na animosidade da véspera, senti um cansaço e um esgotamento que pediam comida e repouso. Graças aos exercícios da minha juventude, era robusto e forte; não temia a fome nem a fadiga; mas meu espírito doente atormentara o meu corpo, e você me preservara das paixões violentas muito mais do que me ensinara a suportá-las. Foi difícil chegar a um vilarejo ainda distante de uma légua. Como havia quase trinta e seis horas que eu não comia alimento algum, jantei, e até com apetite: fui dormir livre das exaltações que tanto me tinham atormentado, contente por ousar pensar em Sophie, e quase alegre por imaginá-la menos desfigurada e mais digna de meu desconsolo do que eu esperava.

Dormi tranquilamente até de manhã. A tristeza e o infortúnio respeitam o sono e dão trégua à alma; só os remorsos não dão. Ao levantar, me senti com o espírito bastante calmo e em condições de deliberar sobre o que tinha de fazer. Mas esta era a mais memorável, e também a mais cruel época de minha vida. Todos os meus laços estavam desfeitos ou alterados, todos os meus deveres, mudados; eu não me ligava a nada do mesmo jeito que antes, eu me tornava, por assim dizer, um novo ser. Era importante ponderar maduramente a posição que eu deveria assumir. Assumi uma provisória para me dar tempo de refletir. Concluí o trajeto até a cidade mais próxima; me empreguei com um artesão e comecei a trabalhar em meu ofício, enquanto esperava que a fermentação dos meus espíritos se apaziguasse totalmente, e que conseguisse ver os objetos como eles eram.

Nunca senti tanto a força da educação como naquela cruel circunstância. Nascido com alma fraca, sensível a todas as impressões, fácil de perturbar, tímido para me decidir, após os primeiros momentos cedidos à natureza, vi-me senhor de mim mesmo e capaz de considerar minha situação com tanto sangue frio quanto a de outra pessoa. Submetido à lei da necessidade cessei minhas queixas vãs, dobrei minha vontade ao jugo inevitável, olhei o passado como algo estranho a mim, imaginei que começava a nascer e, extraindo do meu estado atual as regras de minha conduta, enquanto esperava ser suficientemente instruído por elas, pus-me serenamente ao trabalho como se fosse o mais satisfeito dos homens.

Não há nada que eu tenha aprendido tanto com você como a estar sempre inteiro onde estou, a nunca fazer uma coisa sonhando com outra;

o que é, na verdade, não fazer nada e nunca estar inteiro em parte alguma. Durante o dia, portanto, só dava atenção ao meu trabalho: à noite, retomava minhas reflexões e, alternando assim o espírito e o corpo, tirava de cada um o melhor que podia sem jamais cansar nenhum dos dois.

Desde a primeira noite, seguindo o fio das minhas ideias da véspera, examinei se não estava dando demasiada importância ao crime de uma mulher, e se o que me parecia uma catástrofe da minha vida não seria um acontecimento demasiado comum para ser encarado tão seriamente. É certo, pensava comigo mesmo, onde quer que os bons costumes sejam valorizados, as infidelidades das mulheres desonram os maridos; mas também é certo que em todas as grandes cidades e onde quer que os homens mais corrompidos se julguem os mais esclarecidos, esta opinião é vista como ridícula e pouco sensata. A honra de um homem, dizem, acaso depende de sua mulher? Deveria sua desgraça causar sua vergonha, e pode ele ser desonrado pelos vícios alheios? A outra moral pode até ser mais severa, esta última parece mais conforme à razão.

Aliás, qualquer que fosse o juízo sobre os meus procedimentos, eu não estava, pelos meus princípios, acima da opinião pública? Que me importava o que pensassem de mim, contanto que em meu coração eu não cessasse de ser bom, justo, honesto? Era um crime ser misericordioso? Era covardia perdoar uma ofensa? Em que deveres, afinal, iria me basear? Eu tinha, por tanto tempo, desdenhado o preconceito dos homens para acabar lhe sacrificando minha felicidade?

Mas mesmo que esse preconceito tivesse fundamento, que influência poderia ter num caso tão diferente dos outros? Qual a relação entre uma infeliz desesperada, a quem só o remorso arranca a confissão do seu crime, e essas pérfidas que encobrem o seu com mentiras e fraudes, ou põem o atrevimento no lugar da franqueza e se gabam da própria desonra? Toda mulher viciosa, toda mulher que, além de ofender, ainda despreza o seu dever, é indigna de consideração; tolerá-la é partilhar sua infâmia. Mas aquela a quem se censura antes um erro do que um vício, e que o expia pelo arrependimento, é mais digna de compaixão que de ódio; podemos sentir pena dela e perdoá-la sem ter vergonha; a própria desgraça de que a acusam é sua garantia no futuro. Sophie, digna de estima até no crime, será digna de respeito no seu arrependimento; será tanto mais fiel que seu coração, feito para a virtude, sentiu o quanto custa ofendê-la; terá, ao mesmo tempo, a firmeza que a conserva e a modéstia que a torna amável; a humilhação do remorso abrandará esta alma orgulhosa e tornará menos tirânico o domínio que o amor lhe dera sobre mim; ela será mais cuidadosa e menos altiva; não terá cometido um erro senão para se livrar de um defeito.

Quando as paixões, mostrando o próprio rosto, não nos conseguem vencer, usam a máscara da sabedoria para nos surpreender, e é imitando a linguagem da razão que nos fazem renunciar a ela. Aqueles sofismas todos só me impressionavam porque agradavam minha inclinação. Teria gostado de voltar para a Sophie infiel e ouvia, complacente, tudo o que parecia autorizar minha covardia. Mas, por mais que tentasse, minha razão, menos dócil que o coração, não conseguiu aprovar aquelas loucuras. Não pude esconder de mim mesmo que estava raciocinando para me iludir, e não para me esclarecer. Dizia a mim mesmo, dolorosa mas firmemente, que as máximas do mundo não são a lei de quem quer viver para si mesmo e que, preconceito por preconceito, os dos bons costumes ainda possuem mais um em seu favor: é com razão que se imputa ao marido o desatino de sua mulher, por não ter sabido escolhê-la ou por não saber controlá-la; que eu próprio era um exemplo da justeza desta imputação e que se Émile sempre tivesse se comportado, Sophie jamais teria falhado; que é lícito presumir que aquela que não respeita a si mesma respeita ao menos o seu marido se ele o merecer e souber conservar sua autoridade; que o erro de não ter prevenido o desvario de uma mulher se agrava pela infâmia de suportá-lo, que as consequências da impunidade são assustadoras e que, num caso assim, esta impunidade denota no ofendido uma indiferença pelos costumes honestos e uma baixeza de alma indigna de qualquer honra.

Sentia principalmente, no meu caso particular, que o que ainda fazia Sophie estimável tornava-se mais desesperador para mim: pois é possível apoiar ou fortalecer uma alma fraca, e aquela que o esquecimento do dever leva a faltar para com ele pode ser reconduzida pela razão; mas como reconduzir aquela que mantém, ao pecar, toda a sua coragem, que sabe possuir virtudes dentro do crime e só faz o mal como lhe aprouver? Sim, Sophie é culpada porque quis sê-lo. Quando aquela alma altiva conseguiu vencer a vergonha, conseguiu vencer qualquer outra paixão; não lhe teria custado mais ser-me fiel do que me declarar o seu erro.

Em vão voltaria para a minha esposa, ela não voltaria mais para mim. Se aquela que tanto me amou, que me era tão cara pôde me ultrajar, se minha Sophie pôde romper os primeiros laços do seu coração, se a mãe de meu filho pôde violentar a lei conjugal ainda íntegra, se o fogo de um amor que nada ofendera, o nobre orgulho de uma virtude que nada alterara não puderam prevenir sua primeira falta, o que a preveniria das recaídas que já não custam nada? O único passo penoso rumo ao vício é o primeiro; prosseguimos sem nem mesmo pensar. Ela já não tem amor, virtude, ou estima para zelar: não tem mais nada a perder me ofendendo, nem mesmo o remorso por me ofender. Conhece o meu coração, tornou-me tão infeliz quanto possível; não lhe custará mais nada concluir.

Não, eu conheço o dela; jamais Sophie amará um homem a quem tenha dado o direito de desprezá-la... Ela não me ama mais... a própria ingrata não o disse? Não me ama mais, a pérfida! Ah! este é o seu maior crime: eu teria perdoado tudo, menos isto.

Ah! continuava, amargamente, falo sempre em perdoar, sem pensar que o ofendido muitas vezes perdoa, mas o ofensor nunca perdoa. Ela, sem dúvida, deseja-me todo o mal que me fez. Ah! O quanto não deve me odiar!

Émile, como você se ilude ao julgar o futuro pelo passado! Tudo mudou. Seria vão viver novamente com ela; os dias felizes que ela lhe deu não vão mais voltar. Você não encontraria mais sua Sophie, e Sophie não o encontraria mais. As situações dependem das afeições que lhes temos: quando mudam os corações, tudo muda; por mais que tudo permaneça igual, quando já não temos os mesmos olhos não vemos nada mais como antes.

Seus costumes não são desesperados, eu sei: ela ainda pode ser digna de estima, merecer todo o meu carinho; ela pode me devolver meu coração;

mas não pode não ter falhado, nem perder ou me tirar a lembrança do seu erro. A fidelidade, a virtude, o amor, tudo pode voltar, menos a confiança e, sem confiança, só resta desgosto, tristeza, tédio no casamento; o delicioso encanto da inocência esvaeceu. Acabou, acabou, Sophie, próxima ou distante, não pode mais ser feliz, e eu só posso ser feliz com sua felicidade. É a única coisa que me determina: prefiro sofrer longe dela que por causa dela: prefiro lamentá-la a atormentá-la.

Sim, todos os nossos laços estão desfeitos, e por ela. Rompendo com seus compromissos ela me alforria dos meus. Ela não é mais nada para mim, então não o disse ela mesma? Não é mais minha mulher: tornaria a vê-la como a uma estranha? Não, jamais tornarei a vê-la. Estou livre; ao menos, devo sê-lo: pudera meu coração sê-lo tanto quanto minha fé!

Mas como! A afronta que sofri há de ficar impune? Se a infiel ama outro, que mal lhe faço ao livrá-la de mim? É a mim que estou punindo, não a ela: cumpro seus desejos às minhas custas. Será este o ressentimento da honra ultrajada? Que é da justiça, que é da vingança?

Eh! Infeliz, do que é que você quer se vingar? Daquela que seu maior desespero é já não poder tornar feliz. Ao menos não se torne a vítima de sua própria vingança. Cause-lhe, se possível, algum mal que você não sinta. Há crimes que devem ser deixados para o remorso dos culpados; puni-los é quase aprová-los. Um marido cruel merece uma mulher fiel? Aliás, puni-la com que direito? Em nome de quê? Você é seu juiz, já nem sendo mais seu esposo? Ao romper com seus deveres de mulher, ela deixou de conservar os devidos direitos. Assim que formou outros laços, desfez os seus sem escondê-lo; não revestiu, diante de você, uma fidelidade que já não tinha, não o traiu, nem lhe mentiu, ao deixar de ser só sua declarou não lhe ser mais nada: que autoridade você ainda poderia ter sobre ela? Se tivesse alguma, deveria renunciar a ela para o seu próprio bem. Acredite em mim, seja bom por sabedoria e clemente por vingança. Desconfie da raiva; cuide para que ela não o leve de volta aos seus pés.

Assim tentado pelo amor que tornava a me chamar, ou pelo despeito que me queria seduzir, quantas batalhas não travei até estar bem determinado; e quando pensei que o estava, uma nova reflexão abalou tudo. A ideia de meu filho fez com que me enternecesse pela mãe como nada o fizera até então. Senti que este ponto de união sempre impediria que ela me fosse uma estranha, que as crianças formam um laço realmente indissolúvel entre aqueles que lhes deram o ser, além de um argumento natural e irrefutável contra o divórcio. Objetos tão queridos de que nenhum dos dois consegue se afastar os aproximam necessariamente;

é para ambos um interesse tão terno que lhes seria algo em comum se nada mais o fosse. Mas o que acontecia com este argumento, que depunha em favor da mãe do meu filho, aplicado à de uma criança que não era minha? Como! A própria natureza há de legitimar o crime; e minha mulher, repartindo seu carinho entre seus dois filhos, será forçada a repartir seu afeto entre os dois pais! Esta ideia, mais horrível do que todas as que me vieram à mente, incendiava-me em raiva nova; todas as fúrias voltavam a dilacerar meu coração quando considerei esta terrível divisão. Sim, teria preferido ver meu filho morto a ver Sophie com um filho de outro pai. Tal percepção me exasperou mais, alienou-me mais dela do que tudo o que me atormentara até então. A partir deste instante, decidi-me de fato, e para não dar mais chance à dúvida, parei de deliberar.

Esta resolução firmemente tomada extinguiu todo o meu ressentimento. Morta para mim, não a via mais como culpada; só a via estimável e infeliz e, sem pensar em seus desacertos, lembrava-me com carinho de tudo o que a tornava saudosa. Seguindo esta disposição, quis incluir na minha atuação todos os bons procedimentos que podem consolar uma mulher abandonada; pois com tudo o que fingira sentir em minha raiva, e com tudo o que ela dissera em seu desespero, não duvidava que no fundo do coração ela ainda tivesse afeição por mim, e sentisse imensamente minha perda. O primeiro efeito da nossa separação devia ser o de lhe tirar meu filho. Estremeci só de pensar nisto, e depois de ter procurado vingar-me, agora mal podia suportar esta ideia. Por mais que, irritado, dissesse a mim mesmo que esta criança logo seria substituída por outra, por mais que insistisse com toda a força do ciúme nesta cruel substituição. Nada disto se sustentava diante da imagem de Sophie desesperada vendo seu filho lhe ser arrancado. Dominei-me, todavia; tomei, não sem aflição, esta bárbara resolução e, considerando-a como sequência necessária da primeira, em que estava seguro de ter raciocinado corretamente, com certeza a teria executado, malgrado minha repulsa, se um acontecimento imprevisto não me tivesse obrigado a examiná-la melhor.

Restava-me efetuar outra deliberação, que contava pouca coisa depois desta de que acabara de me desvencilhar. Minha resolução estava tomada em relação a Sophie, restava tomá-la em relação a mim mesmo e ver o que eu queria me tornar estando novamente sozinho. Havia muito que eu já não era um ser isolado nesta terra: meu coração estava preso, como você o previra, às afeições que escolhera, acostumara-se a ser um só com minha família; era preciso desligá-lo, ao menos em parte, o que era até mais penoso que desligá-lo totalmente. Que vazio se faz em nós, o quanto se perde da própria existência quando nos prendemos a tantas coisas e faz-se preciso prender-se apenas a nós mesmos ou, o que é pior, àquilo que nos faz sentir constantemente o afastamento do resto. Eu tinha que descobrir se ainda era um homem que sabe ocupar seu lugar em meio a sua espécie quando pessoa alguma se interessa mais por ele.

Mas qual é o lugar daquele cujos relacionamentos estão todos destruídos ou mudados? O que fazer, o que vir a ser? Para onde levar meus passos, em quê empregar uma vida que não mais traria felicidade, a mim ou ao que me era caro, e cujo destino me tirava até a esperança de contribuir para a felicidade de alguém? Pois se tantos instrumentos preparados para a minha só me tinham trazido miséria, podia esperar ser mais feliz para um outro do que você fora para mim? Não, eu ainda amava o meu dever, mas não o enxergava mais. Lembrar seus princípios e regras, aplicá-los à minha nova condição, não era tarefa de um instante e meu espírito cansado precisava de um pouco de folga para se entregar a novas meditações.

Dera um grande passo em direção ao repouso. Libertado da preocupação da esperança, e certo de que perderia aos poucos a do desejo, ao ver que o passado não era mais nada para mim, procurava me colocar totalmente na condição de um homem que começa a viver. Pensava comigo mesmo que, de fato, sempre estamos começando, e não há outro elo em nossa existência além de uma sucessão de momentos presentes, o primeiro sempre sendo o que está acontecendo. Morremos e nascemos a cada instante de nossa vida, e que interesse a morte pode nos oferecer? Se nada existe para nós além do que será, só podemos ser felizes ou infelizes pelo futuro, e nos atormentarmos com o passado é tirar do nada os motivos de nossa miséria. Émile, seja um homem novo, e você não terá mais queixas do destino do que da natureza. Suas infelicidades são nulas, o abismo do nada as engoliu todas; mas o que é real, o que é existente para você é a sua vida, sua saúde, sua juventude, sua razão, seus talentos, suas luzes, suas virtudes e afinal, se você a quiser, e como consequência, sua felicidade.

Retomei meu trabalho, esperando serenamente que minhas ideias se ordenassem o suficiente na minha cabeça para me mostrarem o que eu tinha de fazer e, contudo, comparando meu estado com aquele que o precedera, estava calmo; é a vantagem que oferece toda conduta conforme à razão, independentemente dos fatos. Se apesar da fortuna não se é feliz, quando se sabe manter o coração em ordem fica-se ao menos tranquilo, malgrado o destino. Mas como esta felicidade depende de pouca coisa numa alma sensível! É muito fácil colocar-se em ordem, difícil é mante-se nela. Quase vi ruírem todas as minhas resoluções, no momento em que pensava estarem mais fortalecidas.

Entrara na casa do mestre sem chamar muita atenção. Sempre conservara na minha roupa a simplicidade de que você me fizera gostar, meus modos tampouco eram rebuscados, e o ar desenvolto de um homem que se sente à vontade em toda parte era menos notado num carpinteiro do que o teria sido num poderoso. Percebia-se, no entanto, que meus trajes não eram os de um operário; mas pelo meu modo de trabalhar, julgaram que eu já fora um deles e que, depois de promovido a algum cargo pequeno, decaíra e retornara à minha primeira condição. Um arrivistazinho recaído não inspira grande consideração, e levavam mais ou menos ao pé da letra a igualdade em que eu me colocara. Subitamente, notei que a atitude da família toda para comigo mudou. A familiaridade tornou-se mais reservada, olhavam-me trabalhar com certa surpresa, tudo o que eu fazia na oficina (e fazia tudo ali melhor do que o mestre), provocava admiração; pareciam espreitar todos os meus movimentos, todos os meus gestos. Tentavam me tratar como de costume; mas isso já não se dava sem esforço, e era de pensar que só por respeito não eram mais respeitosos comigo. Os pensamentos que me ocupavam me impediram de perceber esta mudança tão rapidamente como o teria feito em outros tempos: mas meu hábito de ficar sempre, ao agir, envolvido com a coisa, para depois me voltar para o que se passava ao meu redor, não permitiu que eu desconhecesse por muito tempo que me tornara, para aquela boa gente, um objeto de curiosidade que muito os interessava.

Notei principalmente que a mulher não tirava os olhos de mim. Este sexo tem uma espécie de direito sobre os aventureiros que os torna, de certa forma, mais interessantes para ele. Eu não podia usar o buril-escopro sem que ela parecesse assustada, e ficava muito surpresa por eu não me machucar. "Senhora", disse-lhe certa vez, "estou vendo que desconfia da minha habilidade, tem medo que eu não entenda do meu ofício?" "Senhor", disse ela, "vejo que entende bem do nosso, parece que nunca fez outra coisa na vida". Por essas palavras, percebi que tinha sido identificado: quis saber como. Após muitos mistérios, soube que uma jovem senhora chegara dois dias antes diante da porta do mestre, que sem permitir que me avisassem desejara me ver, que se detivera atrás de uma porta envidraçada de onde podia me avistar ao fundo da oficina, que se ajoelhara junto a esta porta, tendo a seu lado uma criancinha que a cada certo tempo tomava arrebatadamente nos braços, soltando soluços longos e meio abafados, derramando torrentes de lágrimas, e dando vários sinais de uma dor que comovera todos os presentes; que várias vezes a tinham visto a ponto de precipitar-se para dentro da oficina, que só parecera conter-se graças a um esforço violento, que, finalmente, depois de ter me observado muito tempo com mais atenção e recolhimento, erguera-se repentinamente e, colando o rosto da criança no seu, exclamara a meia-voz: *Não, ele nunca vai querer tirar sua mãe de você, não temos nada para fazer aqui.* Com estas palavras, saíra precipitadamente; então, depois de ter conseguido que não me contassem nada, voltar para a carruagem e partir como um raio fora para ela coisa de um instante.

Acrescentaram que o vivo interesse que não podiam deixar de sentir por esta amável senhora os mantivera fiéis à promessa que lhe tinham feito e que ela exigira com tanta insistência, que só a quebravam a contragosto, que viam facilmente, pelos seus trajes, e mais ainda pelo seu porte, que era uma pessoa de alta classe e que não podiam deduzir outra coisa da sua iniciativa e da sua fala senão que aquela mulher era a minha, pois era impossível confundi-la com uma amante.

Imagine o que se passava dentro de mim durante aquele relato! Quantas coisas tudo isto sugeria! Que preocupações não tinham sido sentidas, que buscas não tinham sido encetadas para que fosse assim encontrado meu rastro? Isto tudo viria de alguém que não ama mais? Que viagem! Que motivo fizera com que a empreendesse! Em que ocupação me surpreendera! Ah! não era

a primeira vez: mas ela, então, não estava ajoe-
lhada, não se debulhava em prantos. Oh, tempos, tempos felizes! O que aconteceu com este
anjo do Céu?... Mas o que esta mulher veio fazer aqui?... Trazendo seu filho... meu filho...
e para quê? Queria me ver, falar comigo? Por
que fugir?... desafiar-me?... Por que aos prantos? O que quer de mim, a pérfida? Veio insultar
minha miséria? Esqueceu que não é mais nada
para mim? Eu procurava, de certa forma, irritar-
-me com aquela viagem para dominar o carinho
que ela provocava em mim, para resistir às tentações de correr atrás da infeliz que me agitavam à
revelia. Entretanto, fiquei. Percebi que aquela iniciativa não provava outra coisa senão que eu ainda
era amado e, mesmo incluindo esta suposição na
minha deliberação, em nada mudaria a resolução
que esta me fizera tomar.

Examinando, então, mais sossegadamente, todas as circunstâncias daquela viagem, pesando
principalmente as últimas palavras que ela pro-
nunciara ao partir, pensei distinguir o motivo que
a trouxera e que a fizera partir repentinamente
sem deixar que a visse. Sophie falava com simplicidade, mas tudo o que ela dizia me tocava o
coração com traços de luz, e assim foi com aquelas poucas palavras. *Ele não vai querer tirar sua
mãe de você*, dissera ela? Fora, portanto, o medo
que tirassem a mãe da criança que a trouxera, e

era a certeza de que isso não aconteceria que a fizera partir; e de onde ela tirava essa certeza? O que tinha visto? Émile em paz, Émile trabalhando. Que prova podia tirar desta visão, se não que Émile, nesta condição, não estava subjugado por suas paixões, e só formava resoluções sensatas? Para ela, a de separá-la de seu filho não era, então, uma resolução sensata, apesar de sê-lo para mim: quem estava errado? As palavras de Sophie também decidiam este ponto; e com efeito, tendo em vista somente o interesse da criança, seria sequer possível colocar isto em dúvida? Eu só considerara a criança tirada da mãe, e era preciso considerar a mãe tirada da criança. Eu estava, portanto, errado. Tirar a mãe de um filho é tirar-lhe mais do que se lhe pode devolver, principalmente nesta idade; é sacrificar a criança para se vingar da mãe: é um ato da paixão, nunca da razão, a menos que a mãe seja louca ou desnaturada. Mas Sophie é a que deveria ser escolhida para o meu filho mesmo que ele tivesse outra. É preciso que eu ou ela o eduquemos, se já não podemos educá-lo juntos, ou então, para satisfazer minha raiva, é preciso torná-lo órfão. Mas o que farei com uma criança na situação em que estou? Possuo razão suficiente para ver o que posso ou não fazer, não para fazer o que devo. Vou arrastar uma criança desta idade para outras terras, ou deixá-la sob o olhar de sua mãe, para desafiar uma mulher da qual devo fugir? Ah! Para minha segurança nunca estarei longe dela o bastante! Vou deixar-lhe a criança para que esta não acabe lhe devolvendo o pai. Que só ela lhe reste como minha vingança; que cada dia de sua vida ela lembre à infiel a felicidade de que foi prova e o marido que ela tirou de si mesma.

É certo que a resolução de tirar meu filho de sua mãe fora consequência de minha raiva. Nesse único ponto a paixão me cegara, e foi também neste único ponto que mudei de resolução. Se minha família tivesse seguido minhas intenções, Sophie teria criado essa criança, que talvez ainda vivesse; mas, talvez, Sophie já estivesse então morta para mim; consolada por esta cara metade de mim mesmo, ela não tivesse pensado em buscar a outra, e eu teria perdido os mais belos dias de minha vida. Quantos sofrimentos não nos fariam expiar nossas faltas até que nosso reencontro fizesse com que os esquecêssemos!

Conhecíamos tão bem um ao outro que, para adivinhar o motivo de sua brusca partida, bastou-me sentir que ela previra o que aconteceria se nos tornássemos a ver. Eu era sensato, mas fraco, ela o sabia; e eu sabia mais ainda o quanto aquela alma sublime e altiva tinha de inflexibilidade até mesmo em seus erros. A ideia de Sophie absolvida lhe era insuportável. Ela sentia que seu crime era daqueles que não se pode esquecer; preferia ser punida a ser perdoada: um perdão assim não fora feito para ela; a seu ver, a própria punição a aviltava menos. Pensava só poder apagar sua culpa ao expiá-la, e só cumprir com a justiça sofrendo todos os males que merecera. É por isto que, intrépida e bárbara em sua franqueza, ela contou seu crime a você, a toda a minha família, calando, ao mesmo tempo, aquilo que a desculpava, que talvez a justificasse, calando, digo, com tal obstinação que nunca o mencionou nem a mim, e eu só o soube depois de sua morte.

Por outro lado, tranquilizada quanto ao medo de perder o seu filho, ela não tinha mais o que querer de mim para si mesma. Dobrar-me teria sido aviltar-me, e ela tinha tanto mais ciúmes da minha honra quanto não lhe restava nenhuma outra. Sophie podia ser criminosa, mas o esposo que escolhera para si devia estar acima da covardia. Estes refinamentos de amor-próprio só a ela podiam se ajustar, e talvez só a mim coubesse penetrá-los.

Fiquei lhe devendo mais este favor, mesmo depois de ter-me separado dela, o de ter-me afastado de uma decisão pouco refletida que a vingança me fizera tomar. Neste ponto, ela se enganara na boa opinião que tinha de mim, mas esta falha deixou de sê-lo assim que pensei melhor; considerando apenas o interesse de meu filho, percebi que devia deixá-lo com sua mãe, e tomei esta determinação. No mais, confirmados os meus sentimentos,

resolvi afastar seu triste pai dos riscos que acabara
de correr. Que distância dela seria suficiente, já
que era para não mais encontrá-la? Era ela, mais
uma vez, era a sua viagem, que acabava de me dar
esta sábia lição; e, para segui-la, o que importava
era não ficar em condições de recebê-la duas vezes.

Era preciso fugir; era a minha grande preocupação, e a consequência de todos os meus raciocí-
nios anteriores. Mas, fugir para onde? Nessa deliberação eu me detivera, sem ver que nada me era
mais indiferente do que a escolha do lugar, desde
que me afastasse. Para quê dar tanta importância
ao meu refúgio, se em qualquer lugar encontraria
onde viver ou morrer, e que era tudo o que me
restava a fazer? Que tolice esta do amor-próprio,
de nos mostrar sempre a natureza toda interessada
nos pequenos fatos da nossa vida! Não pareceria, a
quem me visse deliberar sobre minha jornada, que
interessava muito ao gênero humano se eu fosse
residir num país em vez de outro, e que o peso do
meu corpo iria romper o equilíbrio do globo? Se
só considerasse minha existência no que ela repre-
senta para os meus semelhantes, preocupar-me-ia
menos em procurar deveres para cumprir, como
se eles não me seguissem onde quer que eu vá, e
que não surgissem tantos quanto quem os ama é
capaz de cumprir; eu diria que onde quer que eu
viva, qualquer que seja a minha situação, sempre

encontrarei por fazer minha tarefa de homem, e que ninguém precisaria dos outros se cada um vivesse adequadamente para si mesmo.

O sábio vive um dia após outro e encontra todos os seus deveres cotidianos à sua volta. Não tentemos nada além de nossas forças e não nos adiantemos à nossa existência. Meus deveres de hoje são minha única tarefa, os de amanhã ainda não chegaram. O que devo fazer, no momento, é afastar-me de Sophie, e o caminho que devo escolher é o que me afaste dela mais diretamente. Atenhamo-nos a isto.

Uma vez tomada esta resolução, coloquei na ordem que dependia de mim tudo o que deixava para trás; escrevi-lhe, escrevi para a minha família, escrevi para a própria Sophie. Acertei tudo, só esqueci dos cuidados que diziam respeito à minha pessoa; nenhum me era necessário e, sem criado, dinheiro ou bagagem, mas sem desejos e sem cuidados, parti sozinho, e a pé: entre os povos com os quais vivi, nos mares que percorri, nos desertos que atravessei, vagando por tantos anos, só me faltou uma coisa, aquela de que eu devia fugir. Se meu coração me tivesse deixado em paz, nada teria faltado a meu corpo.

SEGUNDA CARTA

BEBI DA ÁGUA do esquecimento; o passado se apaga de minha memória e o universo se abre diante de mim. É o que dizia a mim mesmo ao deixar minha Pátria de que tinha de me envergonhar, e à qual só devia desprezo e ódio, já que feliz e digno de respeito por mim mesmo, só trazia dela e seus vis habitantes os males de que era presa, e o opróbrio em que estava mergulhado. Rompendo com os laços que me ligavam ao meu país eu o estendia à terra inteira e tornava-me tanto mais homem quanto deixava de ser cidadão.

Notei, em minhas longas viagens, que só a distância do objetivo é que torna o trajeto difícil. Nunca é difícil ir a um dia de viagem de onde se está, e para quê querer mais, se de dia em dia se pode ir para o outro lado do mundo. Mas, comparando os extremos nos assustamos com a distância entre eles; parece que deveríamos atravessá-la num só salto, enquanto que se a enfrentamos por partes, não fazemos mais que passear e acabamos chegando. Os viajantes, sempre cercados por seus costumes, hábitos, preconceitos e por todas as suas necessidades factícias, possuem, por assim dizer, uma atmosfera que os separa dos lugares onde se encontram, como se fossem mundos diferentes do seu. Um francês gostaria de carregar consigo a França inteirinha; assim que algo que possuía lhe faz falta, desconsidera os equivalentes e julga estar perdido. Sempre comparando o que encontra com o que deixou, julga estar mal quando não está do mesmo jeito, e não consegue dormir nas Índias se sua cama não estiver arrumada exatamente como em Paris.

Quanto a mim, seguia em direção contrária àquilo de que tinha de fugir, como outrora seguira naquela oposta à sombra na floresta de Montmorenci. A velocidade que eu não dava às minhas andanças era compensada pela firme resolução de não retroceder. Dois dias de caminhada já tinham fechado a barreira atrás de mim, deixando-me tempo para refletir durante minha volta, se tivesse sido tentado a considerá-la. Eu revivia ao me afastar, e caminhava mais à vontade à medida que escapava do perigo. Sendo meu único projeto aquele que estava executando, seguir o mesmo vento era minha única regra; andava, ora depressa, ora devagar, segundo minha comodidade, minha saúde, meu humor, minhas forças. Provido, não comigo, mas em mim, de mais recursos do que precisava para viver, nem meu transporte, nem minha subsistência me inquietavam. Não temia os ladrões; minha bolsa e meu passaporte estavam em meus braços: minha vestimenta era todo o meu guarda-roupa; era cômoda e adequada a um operário. Renovava-a facilmente à medida que se gastava. Andando sem o aparato ou a preocupação de um viajante, não chamava a atenção de ninguém; passava sempre por um homem da região. Era raro me deterem nas fronteiras, e quando isto acontecia, pouco me importava; ficava ali sem impaciência, trabalhava exatamente como em qualquer outro lugar, passaria minha vida ali sem problema se me retivessem para sempre, e minha pouca pressa de prosseguir acabava me abrindo todos os caminhos. Um ar atarefado e aflito é sempre suspeito, mas um homem tranquilo inspira confiança; todo o mundo me deixava livre vendo que se podia dispôr de mim sem me contrariar.

Quando não encontrava trabalho em meu ofício, o que era raro, aceitava outros. Você fizera com que eu adquirisse o instrumento universal. Ora camponês, ora artesão, ora artista, às vezes até homem de talentos, sempre tinha algum conhecimento oportuno, e tornava-me mestre em seu uso pela pouca ansiedade que tinha em mostrá-los. Um dos frutos da minha educação era ser tomado exatamente por aquilo que dizia ser, e nada mais; porque eu era simples em todas as coisas, e quando tinha um cargo não almejava outro. Estava, assim, sempre no meu lugar e nele sempre me mantinham.

Caso adoecesse, acidente bem raro num homem de meu temperamento, que não comete excessos em alimentação, preocupações, trabalho ou repouso, ficava quieto, sem ansiar por sarar nem temer a morte. O animal doente jejua, fica no seu canto, e sara ou morre; eu fazia o mesmo, e ficava bem. Se tivesse me preocupado com meu estado, se tivesse importunado as pessoas com meus temores e queixas, teriam se aborrecido comigo, eu teria inspirado menos interesse e zelo que os causados por minha paciência. Vendo que eu não incomodava ninguém e que não me lamentava, dispensavam-me cuidados que talvez me tivessem negado se os tivesse implorado. Observei mil vezes que quanto mais se exige dos outros, mais os incitamos à recusa: eles gostam de agir livremente, e quando lhes ocorre ser bons, querem ter todo o mérito. Pedir um favor é adquirir sobre ele uma espécie de direito, concedê-lo torna-se quase um dever; e o amor-próprio prefere fazer um dom gratuito a pagar uma dívida.

Durante aquelas peregrinações, que na sociedade teriam sido reprovadas como vida de vagabundo, porque eu não as efetuava com a pompa de um viajante opulento, se eu às vezes me perguntava: O que estou fazendo? Aonde vou? Qual o meu objetivo? Respondia a mim mesmo: O que fiz ao nascer senão iniciar uma viagem que só deve terminar com minha morte? Cumpro minha

tarefa, fico no meu lugar, uso esta curta vida com | 77
inocência e simplicidade, já faço um grande bem
com o mal que deixo de fazer entre meus semelhantes, satisfaço minhas necessidades satisfa-
zendo as deles, eu os sirvo sem jamais prejudicá-
-los, dou-lhes o exemplo de ser bom e feliz sem
preocupação e dificuldade: repudiei meu patrimônio, e vivo; não faço nada de injusto, e vivo; não
peço esmola, e vivo. Sou, portanto, útil aos outros
na proporção de minha subsistência: pois os homens não dão nada em troca de nada.

Como não estou pretendendo contar a história
de minhas viagens, omito tudo o que não passa
de fatos. Chego em Marselha: para continuar seguindo na mesma direção, embarco para Nápoles;
trata-se de pagar minha passagem; você providen-
ciara isto me ensinando a mareação: não é mais
difícil no Mediterrâneo do que no oceano, no uso
de alguns termos está toda a diferença. Faço-me
marinheiro. O capitão da embarcação, um tipo
de chefe exibido, era um renegado que se repatri-
ara. Tinha sido, desde então, pego pelos corsários,
e dizia ter escapado das suas mãos sem ser reco-
nhecido. Mercadores napolitanos tinham lhe con-
fiado outro barco e ele efetuava seu segundo per-
curso depois de ter reassumido a função. Contava
sua vida a quem quisesse ouvir, e sabia se valorizar
tão bem que, divertindo, inspirava confiança. Seus
gostos eram tão estranhos quanto suas aventuras.

Só pensava em entreter seus tripulantes: tinha a bordo duas perigosas roqueiras que acionava o dia inteiro; a noite inteira, soltava fogos; nunca se viu um chefe de navio tão alegre.

Eu me divertia exercitando-me na marinha, e quando não estava de serviço, nem por isto deixava de cuidar da mareação ou do leme. A atenção me servia de experiência, e não tardei a concluir que derivávamos muito para o oeste. O compasso estava, contudo, no rumo certo; mas me parecia que o curso do sol e das estrelas era tão contrário à sua direção que, a meu ver, o ponteiro deveria estar declinando consideravelmente. Eu o disse ao capitão; ele desconversou, zombando de mim, e como o mar tornou-se agitado e o tempo nebuloso, não me foi possível verificar minhas observações. Tivemos um vento forte que nos lançou em alto-mar; durou dois dias: no terceiro avistamos terra à nossa esquerda. Perguntei ao chefe o que era. Ele me disse: terra da Igreja. Um marinheiro insistiu que era a costa da Sardenha; foi vaiado e foi assim que pagou sua recepção; pois, apesar de velho marinheiro, era novato a bordo, assim como eu.

Pouco me importava onde estivéssemos; mas o que aquele homem dissera tendo reatiçado minha curiosidade, pus-me a bisbilhotar em volta da bitácula, para ver se algum ferro deixado ali por descuido não estaria fazendo baixar o ponteiro. Qual não foi minha surpresa ao encontrar um grande ímã escondido num canto! Ao tirá-lo, vi o ponteiro em movimento retomar sua direção. No mesmo instante alguém gritou: Vela! O chefe olhou com sua luneta, e disse que era uma pequena embarcação francesa; como vinha em nossa direção e não o evitávamos, não tardou a ser visto perfeitamente e, então, cada um de nós percebeu que era uma vela barbaresca. Três comerciantes napolitanos, que estavam a bordo com todos os seus bens, deram gritos altíssimos. O enigma, então, tornou-se claro para mim. Aproximei-me do chefe, e disse-lhe ao ouvido: *Chefe, se formos pegos, você está morto; esteja certo disso.* Eu parecia tão pouco emocionado e disse-lhe essas palavras com um tom tão pausado, que ele nem se alarmou e até fingiu não ter escutado.

Deu algumas ordens para a defesa, mas não encontrou uma arma sequer em condições, e tínhamos queimado tanta pólvora que, quando quiseram carregar as roqueiras, mal deu para dois tiros. Aliás, teria sido inútil; tão logo estivemos a seu alcance, ao invés de se dignar atirarem em nós, gritaram para que amainássemos, e fomos abordados quase que no mesmo instante. Até então, sem demonstrá-lo, o chefe estivera me observando desconfiadamente: mas assim que viu os corsários a bordo, deixou de prestar atenção em mim e aproximou-se deles sem precaução. Neste momento, imaginei-me juiz, executor, a vingar meus companheiros de escravidão, purgando o gênero humano de um traidor e o mar de um dos seus monstros. Corri em sua direção, e gritando: *Eu lhe prometi, cumpro minha palavra*, com uma espada de que me apossara arranquei-lhe a cabeça fora. Imediatamente, vendo que o comandante dos barbarescos vinha a mim impetuosamente, esperei, pés firmes e, estendendo-lhe a espada pelo cabo: *Tome, capitão*, disse-lhe em língua franca, *acabo de fazer justiça; pode fazê-la também*. Ele pegou a espada, ergueu-a sobre a minha cabeça; esperei o golpe em silêncio: ele sorriu e, estendendo-me a mão, proibiu que me acorrentassem junto aos outros, mas não me falou da incursão que me vira fazer; o que me confirmou que conhecia bem o motivo. Aliás, essa distinção só durou até o porto de Argel e, ao desembarcar, fomos mandados para os trabalhos forçados, acoplados como cães de caça.

Até então, atento a tudo o que via, ocupava-me pouco comigo mesmo. Mas, finalmente, o cessar da primeira agitação me deixou refletir sobre minha mudança de situação, e o sentimento que me ocupava ainda com toda a sua força fez com que dissesse a mim mesmo com uma espécie de satisfação: o que o ocorrido vai me furtar? O poder de cometer uma tolice. Estou mais livre que antes. Émile escravo! Continuava, eh! Em que sentido? O que perdi de minha liberdade primitiva? Acaso não nasci escravo da necessidade? Que novo jugo os homens podem me impor? O trabalho? Quando era livre, não trabalhava? A fome? Quantas vezes não a suportei voluntariamente! A dor? Todas as forças humanas não me trarão mais dor do que a que um grão de areia pudesse me fazer sentir. A opressão? Será mais dura que a de minhas primeiras correntes, de que eu não queria me libertar? Submetido pelo meu nascimento às paixões humanas, que seu jugo me seja imposto por mim ou por outra pessoa, não se deve mesmo sempre carregá-lo, e quem sabe qual me será mais suportável? Terei ao menos toda a minha razão para moderá-las em outra pessoa, quantas vezes ela não me abandonou com as minhas? Quem poderá fazer com que eu carregue duas correntes? Já não carregava uma antes? A única servidão real é a da natureza. Os homens são apenas seus instrumentos. Ser morto a pancadas por um patrão ou esmagado por uma rocha, o fato, a meu ver, é o mesmo, e o que pode me acontecer de pior na escravidão é não dobrar um tirano mais do que a um pedregulho. Enfim, se tivesse minha liberdade, o que faria com ela? Na condição em que estou, o que posso querer? Eh! para não cair no aniquilamento preciso ser animado pela vontade de outra pessoa, na falta da minha.

Por estas reflexões, cheguei à conclusão que minha mudança de condição era mais aparente que real; que se a liberdade consistisse em fazer o que se quer, homem algum seria livre; que todos são fracos, dependentes das coisas, da dura necessidade; que aquele que melhor sabe querer tudo o que esta ordena é o mais livre, já que nunca é forçado a fazer o que não quer.

Sim, meu pai, posso dizê-lo; o tempo de minha servidão foi o de meu reinado, e nunca tive tanta autoridade sobre mim mesmo como quando carregava as correntes dos bárbaros. Submetido às suas paixões sem compartilhá-las, aprendi a conhecer melhor as minhas. Os erros deles foram para mim instruções mais fortes do que haviam sido as suas lições, e fiz com aqueles duros mestres um curso de filosofia ainda mais útil do que fizera com você.

Não experimentei, contudo, em sua servidão, todo o rigor que esperava. Sofri maus tratos, mas menos, talvez, do que eles teriam sofrido entre nós, e aprendi que esses nomes de mouros e piratas traziam em si preconceitos contra os quais eu não me defendera o suficiente. Eles são impiedosos, mas são justos, e se deles não se pode esperar doçura ou clemência, também não se deve temer capricho ou maldade. Querem que façamos o que podemos fazer, mas não exigem mais do que isto, e em seus castigos nunca punem a incapacidade, só a má vontade. Os negros estariam felicíssimos na América se o europeu os tratasse com a mesma equidade; mas como ele não enxerga nesses infelizes senão instrumentos de trabalho, sua atitude para com eles depende exclusivamente da utilidade que lhe trazem; ele mede sua justiça em função do seu proveito.

Mudei várias vezes de patrão: a isto chamavam vender; como se um homem pudesse ser vendido. Vendiam o trabalho de minhas mãos; mas minha vontade, meu entendimento, meu ser, tudo o que me fazia ser eu e não outro certamente não se vendia; e a prova disto é que, da primeira vez que eu quis o contrário do que queria meu pretenso dono, o vencedor fui eu. Este fato merece ser contado.

No início, fui tratado com brandura; contavam com meu resgate, e vivi vários meses numa inação que me teria entediado se eu fosse capaz de saber o que é o tédio. Mas afinal, vendo que eu não armava intrigas junto aos Cônsules europeus e aos frades, que ninguém falava em meu resgate e que eu próprio não parecia pensar nisto, quiseram aproveitar-me de alguma forma, e me fizeram trabalhar. Esta mudança não me surpreendeu nem contrariou. Pouco temia os trabalhos penosos mas preferia os mais divertidos. Dei um jeito de entrar para uma oficina cujo mestre não tardou em compreender que o mestre era eu em seu ofício. Esse trabalho se tornando mais lucrativo para o meu patrão do que aquele que me mandava fazer, estabeleceu-me por sua conta e ficou satisfeito.

Eu vira quase todos os meus antigos companheiros de cativeiro se dispersarem. Aqueles que podiam, tinham sido resgatados. Os que não o puderam tiveram o mesmo destino que eu, mas nem todos tinham se deparado com a mesma brandura. Dois cavalheiros de Malta, entre outros, tinham sido abandonados. Suas famílias eram pobres: a religião não resgata seus cativos e os padres, não podendo resgatar a todos, davam, como os cônsules, uma preferência muito natural, e que não é iníqua, àqueles cuja gratidão lhes pudesse ser mais útil. Os dois cavalheiros, um jovem e um velho, eram instruídos e não careciam de mérito em sua condição. Mas o mérito era desperdiçado na atual situação. Conheciam a engenharia, a tática, o latim, as belas letras. Tinham talentos para brilhar, comandar, que para escravos tinham pouca utilidade. Além disso, suportavam suas correntes com impaciência, e a filosofia de que se gabavam tanto não ensinara esses nobres altivos a servir de bom grado os plebeus e os bandidos; pois não chamavam seus chefes por outro nome. Eu tinha pena dessas pobres criaturas; tendo renunciado, por causa da nobreza, à sua condição de homens, em Argel já não eram nada; eram até mesmo menos que nada. Pois, entre os corsários, um corsário inimigo escravizado está bem abaixo do nada. Só pude servir o velho através de conselhos que lhe eram supérfluos já que, sendo mais sábio do que eu, pelo menos nesta ciência que se ostenta, conhecia a fundo toda a moral, e seus preceitos lhe eram familiares, só lhe faltava a prática, e não se podia carregar com menos bom grado o jugo da necessidade. O jovem, mais impaciente ainda, porém ardente, ativo, intrépido, perdia-se em projetos de revolta e conspirações de execução impossível, as quais, sempre descobertas, só faziam agravar sua miséria. Tentei incitá-lo a esforçar-se em seguir meu exemplo e tirar proveito de seus braços para tornar sua condição mais suportável, mas ele desdenhou meus conselhos e disse altivamente que sabia morrer. "Senhor", disse-lhe eu, "seria preferível saber viver". Consegui, no entanto, proporcionar-lhe algum alívio que ele recebeu de bom grado e enquanto alma nobre e sensível, mas que não o levou a compartilhar minhas opiniões. Prosseguiu em suas tramas para alcançar a liberdade através de um golpe ousado, mas seu espírito agitado cansou a paciência de seu patrão, que era também o meu.

O homem se desfez de mim e dele; nosso relacionamento lhe parecera suspeito e ele pensou que eu me ocupava em ajudá-lo em suas manobras nas conversas pelas quais eu tentava fazê-lo desistir. Fomos vendidos a um empreiteiro e condenados a trabalhar sob as ordens de um capataz bárbaro, escravo como nós mas que, para se valorizar perante seu patrão, sobrecarregava-nos com mais trabalho do que a força humana podia aguentar.

Os primeiros dias, para mim, não passaram de brincadeira. Como o trabalho era dividido entre nós em partes iguais e que eu era mais robusto e ágil que meus companheiros todos, terminava meu serviço primeiro, depois do quê ajudava os mais fracos e os aliviava de uma parte do seu. Nosso inspetor, porém, tendo notado minha diligência e a superioridade de minhas forças, impediu que as utilizasse pelos outros dobrando meu serviço e, sempre aumentando-o gradualmente, acabou por sobrecarregar-me a tal ponto de trabalho e pancadas que, apesar do meu vigor, ameaçava sucumbir rapidamente sob a pressão; todos os meus companheiros, fortes e fracos, mal alimentados e mais maltratados ainda, definhavam com o excesso de trabalho.

Esta situação tornando-se totalmente insuportável, resolvi me libertar dela a qualquer risco: meu jovem cavalheiro, a quem comuniquei minha resolução, concordou enfaticamente. Eu sabia que era um homem de coragem, capaz de constância desde que estivesse sob o olhar dos homens e, em se tratando de atos brilhantes e virtudes heroicas, tinha toda confiança nele. Meus recursos, contudo, estavam todos dentro de mim mesmo e não precisava da colaboração de ninguém para executar meu projeto; mas, na verdade, podia alcançar um efeito bem mais vantajoso se executado com o acordo dos meus companheiros de miséria, e resolvi colocar-lhes a proposta juntamente com o cavalheiro.

Tive dificuldade em obter, da parte dele, que esta proposta fosse colocada simplesmente e sem intrigas preliminares. Aproveitamos o horário da refeição, quando estávamos mais ajuntados e menos vigiados. Comecei por dirigir-me em minha língua a uns doze compatriotas que ali tinha, não querendo falar com eles em língua franca por medo de que as pessoas da região entendessem. "Companheiros", disse-lhes, "escutem-me. O que me resta de força não há de suportar nem mais quinze dias do trabalho com que me sobrecarregam, e sou um dos mais robustos da tropa; uma situação tão violenta há de ter imediatamente um término, seja por esgotamento total, seja por uma resolução que o impeça. Escolho a segunda solução e estou determinado a me negar a qualquer trabalho a partir de amanhã, mesmo com o risco de minha vida e de todos os maus tratos que esta recusa deverá me causar. Minha opção é uma questão de cálculo. Se continuar como estou, inevitavelmente hei de perecer dentro de pouco tempo e sem recurso algum, recurso que me reservo com este sacrifício de poucos dias. A decisão que estou tomando pode assustar nosso inspetor e esclarecer o seu patrão quanto a seu verdadeiro interesse. Se isto não acontecer, meu destino, ainda que acelerado, pior não poderia ficar. Este recurso seria tardio e nulo se meu corpo exausto já não fosse capaz de trabalho algum. Eles, então, não teriam nada a ganhar em poupar-me, dando cabo de mim economizariam minha comida. Convém escolher, portanto, o momento em que minha perda ainda será uma perda para eles. Se algum de vocês achar que meus argumentos são válidos e quiser, seguindo o exemplo deste homem de coragem, optar pela mesma solução que eu, nosso número fará mais efeito e tornará mais tratáveis nossos tiranos. Mas ele e eu, ainda que sozinhos, nem por isso estaríamos menos decididos em nossa recusa, e vocês todos serão testemunhas de como a sustentaremos".

Aquele discurso simples e proferido simplesmente foi ouvido sem muita emoção. Quatro ou cinco homens da tropa, entretanto, disseram-me que contasse com eles e que fariam o mesmo que eu. Os outros não disseram palavra e tudo permaneceu calmo. O cavalheiro, descontente com aquela tranquilidade, falou aos seus em sua própria língua com mais veemência, era grande o seu número, ele fez em voz alta descrições animadas do estado a que estávamos reduzidos e da crueldade de nossos carrascos. Acirrou sua indignação, retratando nosso aviltamento e seu ardor, pela esperança de vingança — enfim, tanto inflamou sua coragem com a admiração da força de alma que sabe enfrentar os tormentos e triunfa sobre o próprio poder, que o interromperam com gritos e todos juraram imitar-nos e serem inflexíveis até a morte.

No dia seguinte, com nossa recusa de trabalhar, fomos todos, como prevíramos, muito maltratados, mas inutilmente no que tocava a nós dois e a meus três ou quatro companheiros da véspera, nossos carrascos não conseguindo arrancar de nós um grito sequer. Mas a obra do cavalheiro não obteve o mesmo êxito. A constância de seus exaltados compatriotas esgotou-se em poucos minutos e, em seguida, a golpes de nervos de boi, foram todos, mansos como cordeiros, levados de volta ao trabalho. Indignado com aquela covardia, o cavalheiro, enquanto ele próprio era molestado, enchia-os de críticas e insultos que eles não escutavam. Tratei de apaziguá-lo quanto a uma deserção que eu previra e lhe predissera. Eu sabia que os efeitos da eloquência são vívidos, mas momentâneos. Os homens que se deixam tão facilmente comover se acalmam com igual facilidade: um raciocínio frio e forte não provoca tanta efervescência mas, quando pega, penetra, e o efeito que produz jamais se apaga.

A fraqueza desses homens produziu outro efeito, que eu não esperava e que atribuo mais a uma rivalidade nacional do que ao exemplo de nossa firmeza. Os compatriotas que não me tinham imitado, ao vê-los retornar ao trabalho, vaiaram-nos, abandonaram-nos e, como que por insulto à sua covardia, vieram postar-se junto a mim; aquele exemplo induziu outros e a revolta tornou-se logo tão geral que o patrão, atraído pelo barulho e pelos gritos, veio em pessoa pôr ordem naquilo.

Você pode imaginar o que o nosso inspetor não lhe disse para justificar-se e instigá-lo contra nós. Não deixou de me designar como mentor do tumulto, como chefe de amotinados que procurava ser temido pela agitação que queria provocar. O patrão me olhou e disse: então é você que está corrompendo meus escravos? Acaba de ouvir a acusação. Se tiver algo a responder, fale. Fiquei impressionado com aquela moderação no primeiro impulso de um homem ávido por lucro ameaçado pela ruína; num momento em que qualquer patrão europeu, atingido no ponto nevrálgico de seu interesse, teria começado, sem querer me escutar, por me condenar a mil tormentos. Patrão, disse-lhe em língua franca, você não pode nos odiar; você nem nos conhece! Nós também não o odiamos, você não é o autor de nossos males, que ignora. Sabemos carregar o jugo da necessidade que nos submeteu a você. Não nos negamos a empregar nossas forças a seu serviço, já que o destino nos condena a isto; mas seu escravo acaba com esta força ao excedê-la e vai arruiná-lo, perdendo-nos.

Creia-me, transfira a um homem mais sensato a autoridade da qual ele abusa, para prejuízo seu. Melhor distribuído, seu trabalho nem por isto deixará de ser feito, e o senhor conservará escravos laboriosos, dos quais obterá, com o tempo, um lucro bem maior do que o que ele quer lhe proporcionar oprimindo-nos. Nossas queixas são justas; nossos pedidos moderados. Se você não os escutar, nossa decisão está tomada; seu homem acaba de experimentá-la; você também pode fazê-lo.

Calei-me; o inspetor quis retrucar. O patrão lhe impôs silêncio. Percorreu com os olhos meus companheiros, cuja tez macilenta e a magreza confirmavam a veracidade de minhas queixas, mas cuja postura de jeito nenhum indicava pessoas intimidadas. Depois, tendo-me novamente observado: Você parece, disse ele, um homem sensato: quero saber qual é a situação. Você repreende a conduta deste escravo; vejamos qual a sua no lugar dele; dou-lhe o lugar dele e o coloco no seu. Em seguida ordenou que me tirassem as correntes e que as colocassem em nosso chefe; o que foi feito imediatamente.

Não preciso lhe dizer qual foi minha atitude neste novo cargo e não é disto que se trata aqui. Minha aventura causou sensação, o cuidado que ele teve de espalhá-la me angariou a estima de toda Argel. O próprio dei ouviu falar em mim e quis me ver. Meu patrão, levando-me até ele e achando que eu lhe agradava, presenteou-o com minha pessoa. Eis seu Émile escravo do dei de Argel.

As regras segundo as quais eu devia me portar neste novo cargo derivavam de princípios que não me eram estranhos. Nós os discutíramos durante nossas viagens. E sua aplicação, ainda que imperfeita e muito reduzida na situação em que me encontrava, era certa e, de qualquer modo, infalível em seus efeitos. Não vou ocupá-lo com estes pequenos detalhes, não é disto que se trata entre você e eu. Meus êxitos me suscitaram a consideração do meu patrão.

Assem Oglou alcançara o supremo poder pelo caminho mais honorável que a ele possa conduzir: pois de simples marinheiro, passando por todas as graduações da marinha e da milícia, elevara-se sucessivamente aos primeiros cargos do Estado e, com a morte do seu antecessor, foi eleito para sua sucessão pelo sufrágio unânime dos turcos e dos mouros, da gente da guerra e da gente da lei. Há doze anos ocupava honrosamente este cargo difícil, tendo de governar um povo indócil e bárbaro, uma soldadesca inquieta e rebelde, ávida de desordem e tumulto e que, sem saber o que desejava, só queria agitar-se e pouco se importava com o andamento das coisas, conquanto andassem de outro modo. Não dava para se queixar de sua administração, apesar de ela não corresponder à expectativa. Sempre mantivera sua regência bastante tranquila: tudo estava em melhor estado que antes, o comércio e a agricultura iam bem, a marinha tinha força, o povo tinha pão. Mas não havia dessas operações espetaculares

COLEÇÃO DE BOLSO HEDRA

1. *Iracema*, Alencar
2. *Don Juan*, Molière
3. *Contos indianos*, Mallarmé
4. *Auto da barca do Inferno*, Gil Vicente
5. *Poemas completos de Alberto Caeiro*, Pessoa
6. *Triunfos*, Petrarca
7. *A cidade e as serras*, Eça
8. *O retrato de Dorian Gray*, Wilde
9. *A história trágica do Doutor Fausto*, Marlowe
10. *Os sofrimentos do jovem Werther*, Goethe
11. *Dos novos sistemas na arte*, Maliévitch
12. *Mensagem*, Pessoa
13. *Metamorfoses*, Ovídio
14. *Micromegas e outros contos*, Voltaire
15. *O sobrinho de Rameau*, Diderot
16. *Carta sobre a tolerância*, Locke
17. *Discursos ímpios*, Sade
18. *O príncipe*, Maquiavel
19. *Dao De Jing*, Laozi
20. *O fim do ciúme e outros contos*, Proust
21. *Pequenos poemas em prosa*, Baudelaire
22. *Fé e saber*, Hegel
23. *Joana d'Arc*, Michelet
24. *Livro dos mandamentos: 248 preceitos positivos*, Maimônides
25. *O indivíduo, a sociedade e o Estado, e outros ensaios*, Emma Goldman
26. *Eu acuso!, Zola | O processo do capitão Dreyfus*, Rui Barbosa
27. *Apologia de Galileu*, Campanella
28. *Sobre verdade e mentira*, Nietzsche
29. *O princípio anarquista e outros ensaios*, Kropotkin
30. *Os sovietes traídos pelos bolcheviques*, Rocker
31. *Poemas*, Byron
32. *Sonetos*, Shakespeare
33. *A vida é sonho*, Calderón
34. *Escritos revolucionários*, Malatesta
35. *Sagas*, Strindberg
36. *O mundo ou tratado da luz*, Descartes
37. *O Ateneu*, Raul Pompeia
38. *Fábula de Polifemo e Galateia e outros poemas*, Góngora
39. *A vênus das peles*, Sacher-Masoch
40. *Escritos sobre arte*, Baudelaire
41. *Cântico dos cânticos*, [Salomão]
42. *Americanismo e fordismo*, Gramsci
43. *O princípio do Estado e outros ensaios*, Bakunin
44. *O gato preto e outros contos*, Poe
45. *História da província Santa Cruz*, Gandavo
46. *Balada dos enforcados e outros poemas*, Villon
47. *Sátiras, fábulas, aforismos e profecias*, Da Vinci
48. *O cego e outros contos*, D.H. Lawrence

49. *Rashômon e outros contos*, Akutagawa
50. *História da anarquia (vol. 1)*, Max Nettlau
51. *Imitação de Cristo*, Tomás de Kempis
52. *O casamento do Céu e do Inferno*, Blake
53. *Cartas a favor da escravidão*, Alencar
54. *Utopia Brasil*, Darcy Ribeiro
55. *Flossie, a Vênus de quinze anos*, [Swinburne]
56. *Teleny, ou o reverso da medalha*, [Wilde et al.]
57. *A filosofia na era trágica dos gregos*, Nietzsche
58. *No coração das trevas*, Conrad
59. *Viagem sentimental*, Sterne
60. *Arcana Cœlestia e Apocalipsis revelata*, Swedenborg
61. *Saga dos Volsungos*, Anônimo do séc. XIII
62. *Um anarquista e outros contos*, Conrad
63. *A monadologia e outros textos*, Leibniz
64. *Cultura estética e liberdade*, Schiller
65. *A pele do lobo e outras peças*, Artur Azevedo
66. *Poesia basca: das origens à Guerra Civil*
67. *Poesia catalã: das origens à Guerra Civil*
68. *Poesia espanhola: das origens à Guerra Civil*
69. *Poesia galega: das origens à Guerra Civil*
70. *O chamado de Cthulhu e outros contos*, H.P. Lovecraft
71. *O pequeno Zacarias, chamado Cinábrio*, E.T.A. Hoffmann
72. *Tratados da terra e gente do Brasil*, Fernão Cardim
73. *Entre camponeses*, Malatesta
74. *O Rabi de Bacherach*, Heine
75. *Bom Crioulo*, Adolfo Caminha
76. *Um gato indiscreto e outros contos*, Saki
77. *Viagem em volta do meu quarto*, Xavier de Maistre
78. *Hawthorne e seus musgos*, Melville
79. *A metamorfose*, Kafka
80. *Ode ao Vento Oeste e outros poemas*, Shelley
81. *Oração aos moços*, Rui Barbosa
82. *Feitiço de amor e outros contos*, Ludwig Tieck
83. *O corno de si próprio e outros contos*, Sade
84. *Investigação sobre o entendimento humano*, Hume
85. *Sobre os sonhos e outros diálogos*, Borges | Osvaldo Ferrari
86. *Sobre a filosofia e outros diálogos*, Borges | Osvaldo Ferrari
87. *Sobre a amizade e outros diálogos*, Borges | Osvaldo Ferrari
88. *A voz dos botequins e outros poemas*, Verlaine
89. *Gente de Hemsö*, Strindberg
90. *Senhorita Júlia e outras peças*, Strindberg
91. *Correspondência*, Goethe | Schiller
92. *Índice das coisas mais notáveis*, Vieira
93. *Tratado descritivo do Brasil em 1587*, Gabriel Soares de Sousa
94. *Poemas da cabana montanhesa*, Saigyô
95. *Autobiografia de uma pulga*, [Stanislas de Rhodes]
96. *A volta do parafuso*, Henry James
97. *Ode sobre a melancolia e outros poemas*, Keats
98. *Teatro de êxtase*, Pessoa

99. *Carmilla — A vampira de Karnstein*, Sheridan Le Fanu
100. *Pensamento político de Maquiavel*, Fichte
101. *Inferno*, Strindberg
102. *Contos clássicos de vampiro*, Byron, Stoker e outros
103. *O primeiro Hamlet*, Shakespeare
104. *Noites egípcias e outros contos*, Púchkin
105. *A carteira de meu tio*, Macedo
106. *O desertor*, Silva Alvarenga
107. *Jerusalém*, Blake
108. *As bacantes*, Eurípides
109. *Emília Galotti*, Lessing
110. *Contos húngaros*, Kosztolányi, Karinthy, Csáth e Krúdy
111. *A sombra de Innsmouth*, H.P. Lovecraft
112. *Viagem aos Estados Unidos*, Tocqueville
113. *Émile e Sophie ou os solitários*, Rousseau
114. *Manifesto comunista*, Marx e Engels
115. *A fábrica de robôs*, Karel Tchápek
116. *Sobre a filosofia e seu método — Parerga e paralipomena (v. II, t. I)*, Schopenhauer
117. *O novo Epicuro: as delícias do sexo*, Edward Sellon
118. *Revolução e liberdade: cartas de 1845 a 1875*, Bakunin
119. *Sobre a liberdade*, Mill
120. *A velha Izerguil e outros contos*, Górki
121. *Pequeno-burgueses*, Górki
122. *Um sussurro nas trevas*, H.P. Lovecraft
123. *Primeiro livro dos Amores*, Ovídio
124. *Educação e sociologia*, Durkheim
125. *Elixir do pajé — poemas de humor, sátira e escatologia*, Bernardo Guimarães
126. *A nostálgica e outros contos*, Papadiamántis
127. *Lisístrata*, Aristófanes
128. *A cruzada das crianças / Vidas imaginárias*, Marcel Schwob
129. *O livro de Monelle*, Marcel Schwob
130. *A última folha e outros contos*, O. Henry
131. *Romanceiro cigano*, Lorca
132. *Sobre o riso e a loucura*, [Hipócrates]
133. *Hino a Afrodite e outros poemas*, Safo de Lesbos
134. *Anarquia pela educação*, Élisée Reclus
135. *Ernestine ou o nascimento do amor*, Stendhal
136. *A cor que caiu do espaço*, H.P. Lovecraft
137. *Odisseia*, Homero
138. *História da anarquia (vol. 2)*, Max Nettlau

Edição _ Bruno Costa

Coedição _ Iuri Pereira e Jorge Sallum

Capa e projeto gráfico _ Júlio Dui e Renan Costa Lima

Imagem de capa _ Detalhe de *The Magdalen Weeping*, Anônimo (*c.* 1525)

Programação em LaTeX _ Marcelo Freitas

Revisão de tradução _ Dorothée de Bruchard

Assistência editorial _ Bruno Oliveira

Colofão _ Adverte-se aos curiosos que se imprimiu esta obra em nossas oficinas em 2 de maio de 2012, em papel off-set 90 g/m², composta em tipologia Walbaum Monotype, em GNU/Linux (Gentoo, Sabayon e Ubuntu), com os softwares livres LaTeX, DeTeX, vim, Evince, Pdftk, Aspell, svn e TRAC.